「福」に憑かれた男

喜多川 泰

サンマーク文庫

「福」に憑かれた男【目次】

本文イラスト——石川ともこ
編集協力——鷗来堂
編集——高瀬沙昌（サンマーク出版）
鈴木七沖（サンマーク出版）

第一話　長船堂書店の危機

秀三《しゅうぞう》の一日は重たい段ボール箱を開けることからはじまる。

父親の店を継いだばかりの頃は腰に力を入れ、さっと持ち上げて運んでいたが、今は所定の場所まで引きずっていくのが普通になってしまっていた。

本がいっぱいに詰まった段ボールが重いのは事実ではあるが、そうなってしまったわけが体力の問題でないことは、秀三の様子を見ればすぐに分かる。力なく腰を曲げたまま数メートル引っ張っては、「はぁ〜」とため息をついて、中にぎっしり詰まっている本を恨めしそうに眺めているのだから。

そもそも秀三が父親の本屋を継ぐために会社をやめたのは三年前。はじめからどうしてもやりたい仕事というよりは、いつかは自分が継がなければならない日が来るだろうくらいにしか考えていない仕事だった。それでも、自分ではもっとうまくやっていけると思っていたに違いない。

なぜなら、はじめの頃は長船堂《おさふねどう》書店をどうやって自分の代で大きくするかを考えては、目を活き活きと輝かせていたのだから。

秀三も以前はサラリーマンとして都会で一人暮らしをしていた。

朝早くから出勤し、終電近くに家に帰る毎日。自分の人生をよりよくするために仕事をしていたはずが、自分でも気づかないうちに、仕事のために自分の人生があるような生き方になり、疲れはてていった。

「はたして自分はこのまま、今の仕事を続けていくのだろうか――」

「いつまでもこの会社にいて、この毎日が繰り返されるがままに生きていていいのだろうか――」

そんなことを考えはじめた頃、父親が亡くなった。

突然の出来事だった。

仕事に対して情熱を失い、父親を亡くし、田舎には父親が経営していた本屋と母親一人だけが残された。

秀三は決断を迫られた。

このまま都会で暮らしていくか――。

それとも田舎に帰って、本屋を継ごうか――。

結局秀三は、本屋として生きていくことを決めた。

秀三は長船堂書店を改装し、大きくしていくことを夢見ていた。絶対本屋で成功してやる。実際に経営を切り盛りする前は夜ごといろんな案を考えてはワクワクし、もう成功した気になり一人でニヤニヤすることもあった。何しろ、小さい店とはいえ経営者になるんだ。会社員とは違い、売り上げが上がれば上がるほど、収入は増える。

ところが、現実はそれほど甘くなかった。

まあ、よくあることと言えばそうだが。

いざはじめてみるとこれが思った以上に大変で、いや、大変を通り越している。何しろ、何一つ思うようにいかないのだから。

運営方法を教わる前に父が他界してしまったこともあり、本屋の経営なんて分からないことだらけだった。

それでも何とかやってこられたのは、父の店をずっと手伝ってきた母と、父の代から働きに来てくれているパートのおばさんたちのおかげである。はじめの半年間は経営者とは名ばかり。他の人の仕事っぷりを目で追うのが精一杯で、秀三にできることと言えば力仕事だけだった。


秀三が思っていた以上に、小さな本屋を経営するというのは大変なことだった。

今になって思えば会社勤めをしている頃は楽だった。

毎日文句を言ったり、小言を言われたりしながらも、出勤さえしていれば来月の収入があるかどうかの心配などしなくていいのだから。

今は逆だ。

どれほど寝る間を惜しんで働いても、翌月の自分の暮らしを支えられるかどうか不安になる毎日。それもそのはず、この三年間で売り上げは常に下がる一方。

生活費を切りつめれば何とかならないわけではないが、この先もずっと右肩下がりが続いたら……なんてことを考えると安心して眠ることすらできない。自暴自棄になりそうになる秀三をギリギリのところで支えているのは、本に対する愛情だけだった。

経営は思うようにいかない。

売り上げも客足も減る一方。

それでも、秀三は本屋という仕事をやめたいと思わなかった。


会社勤めをしている頃は忙しくて本を読むひまもなかった。幼い頃はあんなに大好きだった本を読まなくなっていたことに気づいたのも、本屋の仕事をはじめてからだ。今、秀三はひまな時間を見つけては本を読んでいる。もちろんそれだけが今の仕事の楽しみというわけではない。自分が読んで気に入った本を買っていくお客さんを見るのは、何とも言えない幸せな気分だ。いや、気に入っていなくてもいい。自分が読んだことのある本を買っていく人の、その後を想像するのは楽しいことだ。

「きっとあの人、あそこで泣くんだろうな」

なんてことを考えると、見ず知らずの人とも何だか友達になった気になれる。もちろんレジの向こうの人は、秀三がそんなことを考えているなんて知るはずもない。だからなおさら、秀三にとってはその瞬間が楽しくてたまらないのだ。その人がこのあと経験する気持ちを先に知っているわけだから、なんだか神様にでもなったような気がする。

お店がひまになることと相まって、秀三の読書量はどんどん増えていった。そして、読む本が増えれば増えるほど、秀三の密かな楽しみは増えることになる。

これだから本屋はやめられない。

ただ残念ながら、この頃の秀三にはそんなことを楽しんでいる余裕さえなくなっていた。

来月、長船堂書店から自転車で五分とかからない場所に、県内一の大型書店の新店舗がオープンすることに決まっていたからだ。

その情報をはじめて聞いたとき、秀三は血の気が引き、食べ物がのどを通らなくなるほど緊張し、胃痛がひどくなった。自分の将来が真っ暗になったような気がして、どうしたらいいのか分からなくなった。

それからしばらくたつが、完全に思考が停止している。

何かをしようという考えすら浮かばなくなってしまった。

今はただ、「どうしよう。どうしよう」という言葉を頭の中で繰り返すばかりで、実際にどうしようかなんて考えることができなくなっている。

まあ、それもこれも、すべては僕が引き起こしたことなんですが……。

えっ？　僕ですか？

これは失礼。申し遅れました。
私、このとき長船堂書店に厄介になっていた、福の神です。
とはいえ、当時はまだ研修中でしたが。

僕たち福の神は、どんな人にだって憑《つ》く可能性があります。

ある条件を満たした人には、必ず憑くことになっているんです。

その条件がいかなるものであるかは、僕がこの男、「松尾《まつお》秀三」に憑くことになった理由を説明することによってお教えしましょう。

彼は子どもの頃から、人前に出て自分を主張することは苦手だったけど、優しい人でした。そして、誰に教わるわけでもなく福の神を呼び寄せる方法を知っていました。

それは、

「人知れずいいことをする」

「他人の成功を心から祝福する」

そしてもう一つ、

「どんな人に対しても愛をもって接する」

どんな小さなことでもいいのです。たとえば、空き缶を拾ったり、たばこの吸い殻を拾ったりする。本屋さんで山積みになっている本の中から、最も汚れてしまっている一番上の本を選んで買い、自分が犠牲になることで他の人にきれいなものを与えようとするなどでもいいのです。

とにかく誰にも知られないところでも、世の中のためになることや、みんなのためになることを続ける。その量が一定値を超えると、僕たち福の神が呼ばれることになります。

他人の成功を心から祝福する場合も同じです。

友人や家族の成功を自分のことのように喜び、祝福する。他人の夢の実現を心から応援したり、そのために、惜しみなく力を貸す。こうしたことを続けた結果、一定量を超えるとその人には僕たち福の神が憑くのです。

それから、分け隔てなく、人を愛する心を持っている人にも、無条件で福の神が憑くことになっています。

ですから、秀三のように幼い頃からそういうことが無意識のうちにできた人に限らず、何かのきっかけでそういう生き方を心がけるようになった人にも、その量がある一定値を超えさえすれば、僕たち福の神が派遣されるわけです。

どういうわけか、この方法が人間界の人たちにばれちゃったらしく、どんどん福の神が必要になっていきました。ただ単に地球上の人口が多くなったからかもしれません。

そこで僕のような研修中の若造が、「おまえも行け！」って具合に派遣されたっていうわけなんです。

もちろん研修中とはいえ福の神としての役目は果たさなければいけませんから、『幸福の人生マニュアル』を手に、ちゃんと調べながらやっていたんです。

やっていたんですが……。お恥ずかしい話、当時は自信をなくしていたんですよね。福の神のくせに。

だって、マニュアルに書いてある通りやったんですけど、秀三はまったく幸せにならないんですから。本当にお恥ずかしい話であります。

でも、これから福の神として多くの人を幸せにしていくことになるみなさんにとって、当時の僕の経験はとても参考になる話だと思います。

ですから恥を承知で、ここで紹介したいと思います。

第二話　出会い

その日も秀三は、いつものようにカウンターの中で本を読んでいた。店内には数名の客がいたが、それほど忙しい時間帯じゃない。レジの前に人の気配を感じるまでは本を読んでいても大丈夫だ。

以前はそうじゃなかったのだが、日に日に減っていく客足を見ていると気持ちばかりが焦って仕方がなく、何もしていないと不安になってしまうのだ。で、本を読む。いわゆる現実逃避なのだが、本人は気づいていない。

カウンター内で本を読んでいると、その行動が一つの原因となり別の結果をもたらす。まあ、簡単な話、万引きが増えるというわけだ。長船堂書店は盗み放題だと近所の悪ガキたちの間では評判である。そういう悪ガキたちに対しても秀三は、苦笑いをしながら「こっちが気づかないように、うまく盗んでいくなぁ。盗まれたのはあのマンガか。あれ、泣けるんだよね。今頃、感動してくれているといいなぁ」といった調子。決して憎んではいない。そのあたりの感覚は優しいというよりもちょっと抜けているところがあるのかもしれない。

その日の話に戻そう。秀三の、そして僕の運命を変える出会いがあった日に。

秀三はこう見えて結構、信心深い。僕ら福の神がやって来るかどうかは神棚の有無に関係ないが、毎朝店の隅にある先代がこしらえた神棚にお供え物を欠かさず、手を合わせてしっかりと拝んでくれる。そして心の中でこう言うのだ。

「商売繁盛！　商売の神様、いるのならお願いします。もうギリギリです。何とかしてください！」

こういう姿を見ると福の神としてはなんとも歯がゆい。

実際には、すでに福の神が来て、いろんな手を尽くしているっていうのに、まだ何にも起こっていないと思っているのだから。

ここでよくある話だと、どこからともなく

「心正しき成功者、秀三よ。汝《なんじ》、○○をせよ！」

なんて声が聞こえてくるっていうんだろうけど、そんなことはできない。

だいたいこの秀三もそうだが、みんな福の神の役割ってものを分かっていないのだ。

福の神にもできることと、できないことがある。

できないことは人間に直接話しかけたり、姿を見せたりすること。それからものを運んで来ること。だからお金だって運べない。

福の神にできることは、その人を幸せにする学びを与える人を連れて来ること。もうちょっとちゃんと説明すると、人の心の中にその行動をとらせる種を植えつけ、ある行動を起こさせる。結果として、人と人が出会う。その出会いをプロデュースすることができる。これだけだ。

人間は、どうして今それをしなければならないのか分からずに行動を起こすことがたくさんある。自分では無意識でしている判断というやつだ。これをコントロールして、さまざまな出会いをプロデュースすることができるというわけ。

もちろん出会いや、その出会いが引き起こす出来事によってどうやって幸せになるかは本人次第なのだが、今まで歴代の福の神も実はそれしかしていないし、それで本当に多くの幸福な人生を作ってきた。

多くの人間は、僕たちが幸せそのものを運んでくれると勘違いしている。

でも、幸せとはあくまでもその人自身が手に入れるもの。自分でできることなのに人にやってもらおうって考え方では幸せになることなんてできないということは、考えれば分かることだ。……って先輩の福の神が言っていたから、きっとそうなのだろう。

だけど、この秀三の場合、どうもうまくいっていないような気がする。僕は福の神としての役割を果たしているのに、いっこうに秀三が幸せになっていかない。それどころか不幸になる一方である。

僕が福の神としての自信を失いかけていたそんなある日、たまたま店の前を一人の老人が歩いていた。肩には先輩福の神が心地よさそうに腰を下ろしている。

僕は一つの出会いを秀三に与えることに決めた。

その老人になんとなくその本屋に立ち寄ってみようという気にさせて、店の中に招き入れた。でも、本当の目的はその老人に憑いている先輩福の神にいろいろアドバイスをいただくことだった。

「先輩！　こんにちは。僕です。覚えていますか？」

「おお、覚えてるよ。俺の一期後輩にあたる福の神じゃないか。早いよね。もう、こここにいるってことは一人前の福の神として認められたのかい？」

「そうじゃないんです。どうもこの世は福の神不足らしくて。僕はまだ研修中なんですが現場に送られて来たってわけなんです」

「不足ってわけじゃないだろうに。きっと優秀だからもう現場で学んで来いってことなんだろうよ」

「先輩が憑いてるこの人は長いんですか？」

「そうだね、この人は結構、長いほうだよ。俺が福の神になって六人目だけど、それまではだいたい一〇年ずつだったのに、この人はもう四〇年になるからね。子どもの頃から人知れずいいことを積み重ねてきたんだね。俺がこの人に憑いたのは、この人が二五歳の頃だからね。俺が言うのもなんだけどすごく素敵な人だよ」

「で先輩、今は何というお名前なんですか？」

「天神《てんじん》だよ」

「天神ですか。すごいお名前ですね」

「おまえは？」

「僕はシュウジンです」

「四人？」

僕は苦笑いをした。

「まあ、いつも最初はそう思われますが、『秀でる』のほうです」

「秀神か。これまたいい名前だね」

僕たち福の神は憑いている人間から一字もらってお互いを呼び合うときの名前に使っている。

僕は秀三の「秀」の字をもらったが、天神は「天」の字をもらったらしい――。


天神はカウンターの中で本を読んでいる秀三を見た。その物腰は福の神としての風格が漂っている。一期しか違わないとはいえ、人間の世界では一〇〇年にあたる。自分と比べてこうも違うものかと感心してしまう。

「しかし、おまえが憑いているのは随分若い人だねぇ」

「はい。とってもいい人なんです。でもお恥ずかしい話、僕が憑いていながらこの通りです」

天神は店の中の様子をぐるりと見回して、すべて分かったというようにゆっくりうなずきながら視線を僕に向けた。

「それでちょっと自信をなくして、俺の主人を店に呼び入れたってわけだな？」

「はい。先輩の姿が見えましたので、つい……」

「ハハハ、分かるよ。俺もはじめはそうだった。せっかくだから相談に乗るよ。幸い俺の主人は本が好きだからね、しばらくここで時間を使ってもらおう。で、福の神として何をしてきたんだい？」

僕は今までの経緯を伝えた。僕も必死だった。このままじゃ福の神の名がすたる。

「なるほどね。せっかく福の神として憑いた最初のご主人だから誰よりも幸せにしてやろうと張り切っていたわけだね」

「そうなんです。彼が望んでいる幸せはすべて手に入れさせてあげようと思いまして。で、幸せになるためには稼業の成功が、まず必要ですよね」

「まあ、普通はそう考えるよね」

「そこで、秀三は見ての通り本屋なので、ここから自転車で五分とかからない場所に県内一の大型書店を建てるよういろんな人間を動かしてみたんです」

「うん。やり方としては間違えてないね」

「本当に、間違えていないんですか？」

「今の状態をどうしても変えなければいけない出来事を起こすことが、人間を成長させる第一歩だからね」

「でも、それが決まった日から秀三がめっきり元気もやる気もなくしてしまって、あらゆることから逃避するように、ああやってカウンターの中で本を読むようになっちゃって」

「それで、本当にこれでいいのか心配してるってわけかい？」

「そうなんです」

「まあ、気持ちは分かるけどね。俺も最初はそうやって心配しながらやっていた時期もあるからね。でも大丈夫。おまえのやっていることは間違えていないよ」

　天神にそう言われると何だか自分のやっていることに自信が持てる。

「これから数か月間、ここで起こることをよく見ていてごらん。福の神が憑いた人はいろんな奇跡を引き寄せて、自分の人生を素晴らしいものにすることができるということがよく分かるよ」

僕は無言でうなずいた。


店の中では天神の主人である老人がカウンターの中の秀三に話しかけている。

「ちょっといいかね?」

秀三は顔を上げた。

「あ、はい……」

「あそこに置いてある本に興味があるんですがね。何しろご覧の通り背が低いもので届かないのじゃよ。もしよろしければとってもらえないかな」

「あ、はい……」

秀三は本棚の一番上の段にある本に手を伸ばした。なるほど、ここに手が届かない客は多いかもしれないと、そのときはじめて気がついた。三年間も本屋をやってきたのに、このような頼まれごともはじめてだった。何しろ、そんなことを要求する客が今まで一人もいなかったのだから。

「ど、どうぞ」

「ありがとう、お若いの」

　秀三がカウンターに戻ろうとすると、老人は彼のひじを素早くつかんだ。あわてて振り返った秀三の目に映ったのは、老人のとろけるような笑顔だった。

「どこに行くつもりじゃ？　お若いの。私はこの本を買うかどうかまだ決めていない。ちょっと中を見て気に入らなければ、棚に戻さなきゃならん。おまえさんがあっちに行ってしまったら、そのときもう一度呼びに行かなきゃならんだろ」

「あ、はい……じゃあ、ここにいますから、どうぞ……」

　老人は一人で笑っている。そしてパラパラとページをめくりはじめた。

「おまえさんはこの本を読んだことがあるのかい？」

「あ、はい……」

「どうじゃ、お勧めできる内容だったかね」

「あ、はい……僕は面白いと思いました。とても」

　老人はまた笑った。

「まあ、いいだろう。分かった、今日はこれをもらって帰ろう」

老人はそう言うと五〇〇〇円札をサッと出し秀三に手渡した。

「あ、ありがとうございます。じゃあ、おつりをお持ちしますので……」

「要らんよ。本をとってくれたお礼じゃ。とっておきなさい」

「いや、でも……」

老人はサッと背を向け出口のほうへと向かっていった。


「おや、どうやら俺の主人はもうお帰りのようだね。とにかく、自分に自信を持ちな。おまえは誰が何と言おうと福の神なんだから。また、俺の主人を連れて来るよ。そのときまでにやれることをいろいろやってみるんだな」

「分かりました。ありがとうございます」

「それからもう一つ、信じなければならないものがあるよ」

「何ですか？」

「あの子だよ。秀三君。彼を信じるんだ。人間は俺たちがビックリするほど成長する生き物なんだよ。何かのきっかけさえあれば、それこそ一瞬でまったくの別人になってしまうほどにね」

「そんなことって……」

「あるんだよ、人間にはね。俺はそれを何度も見てきた。そこが人間の素晴らしいところさ」

天神は老人の肩にスッと座り、心地よく揺られながら外へ出て行った。

「ふう。自信……か」

僕は秀三のほうを見た。秀三は、老人の背中をポカンと見つめていた。もちろんその肩に揺られている天神の姿は見えるはずもないのだが。

ここでちょっと、この本についての説明をさせてもらおうと思います。
「研修中の新米福の神たちに向けて、何か書いてくれないか」という福の神育成協会からの依頼により、僕はこの『素敵な成功者のつくり方』という研修記を書きました。

当時、新米福の神だった僕が、どうやって成長していったのかを一人の若者とともに経験したエピソードを通して説明した本です。

本来こういう趣旨の本は、論説形式になっているものなのですが、僕はあえてストーリーを交えながら説明を加えていこうと思います。

この本の中には、読んだみなさんが立派な福の神として、憑いた人に大成功を収めさせる簡単かつ確実な方法が記されています。きっと読後には、福の神として多くのことを修得できているはずです。

最後まで楽しんでください。

それでは、ここまでの内容をまとめてみましょう。

まずは福の神としてのルールを忘れないでください。

ここに書いてある内容をみなさんが憑く人間に気づいてもらうのが僕たちの使命な

のですが、直接教えたり、姿を見せたり、物を与えたりしてはいけません。
提供できるものは**「素敵な出会い」**だけです。

それから福の神が憑くことができる人の条件。

「人知れずいいことを繰り返し、その量が一定値を超えた人」

「他人の成功を心から応援、祝福し、その量が一定値を超えた人」

「すべての人を愛することができる人」

これらのうちどれかを満たしている人でなければ、僕たちはその人たちに憑くことができません。

もちろん、僕たちが憑いた後でこれらの条件を満たしている人でなくなってしまった場合には、僕たち福の神は憑き続けることはできません。

すみやかにその人のもとを離れてください。

それからもう一つ、福の神をやっていく上で覚えておかなければいけない大切なことはこれ。

人間は僕たちの想像を超えて、ほんの一瞬で成長することができる存在であるということ。

このことは、にわかには信じられないかもしれません。でも、福の神として何人もの人を成功者へと導いていくに連れて、人間の持つこの素晴らしい才能に驚かされ、このことを確信するようになるはずです。

続けて一つ解説を加えておきます。

これから福の神になろうとしているみなさんは、ここまでのストーリーの中で、僕の行動を理解できない場面があったかもしれませんね。ここでそのことについても説明します。

秀三に成功者としての人生を送らせるために僕がやったことが何だったかを覚えているでしょうか。

「自転車ですぐのところに、大型書店を誘致した」でした。

これは決して本屋としてやっていくことを諦めさせようとして、そうしたのではありません。むしろ本屋として幸せな人生を送ってもらいたいからこそ、そうしたのです。

僕たち福の神は、自分が憑く人の望む成功に応じて、どうすればそうなれるかというのを計画します。

言うなれば「なりたい人になるレシピ」の作成をするわけです。

作り方は簡単です。

たとえば人間がカレーを作るときと変わりません。

まずは、用意する材料を考えます。それからそれぞれの材料の調理方法や手順を考えます。それと同じ要領で考えるのです。

一つ例を挙げてみましょう。

世の中のほとんどの人間がなりたいと考えている自分像の一つに「優しい人になりたい」というのがあります。

これは神様をやっていると本当によくお願いをされることの一つですから、覚えておくといいでしょう。

ところが、ほとんどの人は神様にお願いをしたらなれると思っています。そうでなければ、お願いをしたら結果としてなれるかもしれないと思っています。でも、もうご存じのように、何かを変えるのが福の神の役割ではありません。変わるのはあくまでも本人なのです。

僕たちにできるのは、そのお願いに応じて「優しい人」になるための経験を与えてくれる人との出会いを用意することです。


そこでちょっと考えてみてください。「優しい人になりたい」と心から願う人には、どのような人との出会いや経験が必要だと思いますか？


もちろん、その人の現在の状況によって必要な経験は違ってきますが、本当にいろんな経験が必要になってくることが分かると思います。

「誰かから優しくされること」

「自分を支えてくれる人との出会い」

「自分が心から愛する人を持つこと」

「自分が心から愛されること」

こういった経験がどうしても必要だってことが分かります。

そして……、こういった経験だけでは不十分だということも。

誰よりも優しい人になるためには、今挙げたものとはまったく反対の経験が必要な場合だってありますよね。

「誰かから冷たくされること」

「人から無視されること」

「人から嫌われること」

こういった経験がきっかけになって優しい人になれる人がたくさんいます。

こういった経験がなければ優しい人になれない人がいるのです。

痛みを経験したことがない人に、他人の痛みを理解することはできません。本当に優しい人というのは、多くの痛みを経験した人でなければなるのは難しいのです。

そうすると、誰よりも優しい人というのは、誰よりも多くの痛みを経験した人である可能性が高いわけです。

他にも自らの病や不運、事業の失敗などをきっかけに今までの傲慢《ごうまん》な生き方を反省して、愛情にあふれる優しい人になった例はたくさんあります。

さらには人から傷つけられることや人を傷つけることなども、優しい人になる上で必要な経験になります。

傷つけ、傷つけられる一番の経験ができるのが恋愛。

大好きな人に振られてしまうことは本当に悲しいことですが、別れはどちらかが人間的に成長して、その人がパートナーとして波長が合わなくなったときに起こる成長の証《あかし》です。

その経験がその人に大きな人間的成長を与えてくれるし、成長したことによってそれまで以上に成長した自分にふさわしい人との出会いを与えてくれる。

だから「優しい人」になるために、愛する人から振られるという経験が、とても重要な経験であることは間違いありません。現にその経験を持っている人は、それを上手に使えば、その経験をする前よりも明らかに人間的に優しい人になることができます。

また、僕は振られて泣いている人だけでなく、大好きだった相手との別れを決意して泣いている人の姿もたくさん見てきました。「もっと優しい人になりたい」という思いを強く持つのは、そういう人のほうが多いかもしれません。

その姿から、愛した人を傷つけてしまう経験だって、優しい人になるためにはときに必要なことなのだ、ということが分かります。

泣くほどつらい経験をたくさんしたからこそ、人は優しくなれる。だから、「優しい人になりたい」と望む人には、そういった経験をできるだけたくさん与えてあげることが僕たち福の神の役割になるわけです。

ところが、ただ材料を揃《そろ》えただけでは、だめです。同じ材料から作ることのできる料理の数が無限にあるように、それぞれの材料を調理する順番や方法が大切なのです。

だから僕たちは、なりたい自分になるために、与えられた材料をどう使えばいいのか、よく分かっていない人には、むやみにたくさんの経験を与えてはいけないことになっています。

というわけで僕たちが憑くのには条件があるんですね。

人知れずいいことを続けることを喜びとしたり、他人の成功を心から祝福できる人、それから、すべての人間を愛することができる人っていうのは、どんな経験も、なりたい自分になるための道具として使うことができるのです。最終的には、理想の人生を手に入れることができる人だっていうことなんです。


納得していただけたでしょうか。

僕からみなさんに一つだけ課題を出しておきましょう。将来みなさんが憑くことになる人が、ほぼ間違いなく抱く理想の自分像が二つあります。そうならなければ、人間の世界では幸せな毎日を送ることができないという人間像です。

一つは今、例に挙げた「優しい人になりたい」というもの。

そして、もう一つはこれです。

「強い人になりたい」

みなさんは、みなさんが憑くことになる、大切なパートナーのためにどのような経験を引き寄せて、その人を誰よりも強い人にしてあげますか？　考えてみてください。

おっと、忘れないでくださいよ。こんな経験は耐えられるかなぁなんて遠慮をしてはいけませんよ。人間は僕たちが考えている以上に成長が早いですからね。それを信じることが大切です。

さて、このお話に出てくる秀三も強い人になりたいと心から願っている一人でした。ですから僕もその願いを叶えるために必死でした。

彼はどんな経験を通して「強く」なっていったのでしょうか。

第三話　再会

天神があの老人の肩に揺られながら再び長船堂書店にやって来たのは、それから半年ほどたったある日のことだった。

僕は、半年前よりもいっそう悲愴《ひそう》感漂う秀三の姿を天神に見られるのがたまらなく嫌だった。

自分が憑いていながら、未だにこの有様である。それどころか状況は前よりも悪くなっていた。僕はそれを、自分の福の神としての能力のなさだと感じて、天神がニコニコ笑いながら近寄って来たとき、状況を自分で説明することができなかった。

天神はそんな僕の隣にやって来て、何も言わずただ座った。僕と天神は同じ方向を向いて、店の中の様子を見つめていた。僕が状況を説明しなくても、秀三と老人の会話から察してくれるだろう。

「こんにちは、お若いの。私のことを覚えているかね?」

レジの向こう側でボーッとしていた秀三は、今ではもうすっかり無気力になってしまった瞳を老人のほうに向けた。

「あ……はい。覚えています」

老人はいたずらっぽく笑った。秀三は彼の子どもっぽい笑顔に、なぜだかちょっとうらやましさを感じた。

自分もあんな風に無邪気に笑えたらどんなに幸せだろう——。

「ほう。覚えてくれているのかい。それはありがたい。じゃあ聞くが、私は誰じゃ？」

「誰？　えっ……あの……いや、誰かはちょっと知らないんですけど……」

「ガァッハッハッハッハ」

老人は豪快に笑った。小さな老人の声とは思えないほどの声の威力に秀三はビクッとなった。

「まあ、よい。ちょっとからかってみただけじゃ。気にするな」

秀三はあからさまに、変なおじいさんだなぁという目を向けながら尋ねた。

「あのう、今日はどういったご用件ですか？」

「おうおう、そうじゃった。用件な。忙しくってなかなか時間がとれなかったんじゃが、実はお礼を言いに来たんじゃよ。

おまえさんのおかげで私の人生は今まで以上に磨かれた。私は最高にツイておった。あの日この店で偶然おまえさんと出会って、素晴らしい本を紹介してもらったじゃろ。あの本との出会いのおかげで私が今まで以上に世の中に貢献できるようになったんじゃよ。ここはツイてる本屋さんじゃな。

きっと福の神がいるんじゃよ」


僕は大きくうなずきながら聞いていたが、秀三は苦笑いをしながら首を横に振った。


「福の神なんていないですよ。いるとしたら貧乏神だけです」

老人は秀三の表情を見て、何かを悟ったらしく、特有のとろけるような笑顔を作りながらゆっくりと言った。

「お若いの。浮かない顔をしてどうした。おまえさんみたいな若い商売人は元気がよくなきゃ、お客が逃げるぞ」

「いいんですよ、もう。僕は来月でこの店を閉めることにしたんです」

「残念ながらそれはダメだよ。だって、私はもうここでしか本は買わないって決めたんだから」

「決めたって、そんな勝手な……そんなこと言われても……」

秀三は泣き出しそうな顔で言った。

「おやおや、おかしな本屋さんだ。普通、客にあなたのところでしか買わないって言われたら喜ぶものだが」

「もう、どうあがいても無理なんですよ。もともとこの本屋は父が経営していたんです。それが僕が店を継いでから悪いことばかりが続いて……。もう無理なんです」

「無理なんて言葉は存在せんよ。どんな状況であっても道はある」

秀三にはそんな言葉など耳に入らないらしい。

自分の話だけを続けた。

「最初は近くに大型書店ができるところからはじまりました。その店の開店と同時に店の売り上げが三分の一にまで落ちてしまって……。そしたら翌月には、店の隣にコンビニですよ」

「別業種だからいいじゃないか。人も集まりやすくなったじゃろうに」

「とんでもない。隣がコンビニの本屋なんて誰も雑誌を買わなくなりますよ。人気の週刊漫画だって、こっちが店を開ける頃にはみんなコンビニで買い終わっちゃってるんですから。二四時間営業にはかなわないですよ」

「ほう、なるほどね」

秀三は他人《ひと》ごとのように笑って聞いている老人に少しイライラした。「その程度のことで?」と言われているような気がするのだ。

「でも、それくらいなら僕だって何とかしようと思いますよ。でもその次の月に起こった出来事で完全に望みを絶たれました。父の代からずっと市内の小中学校の教科書は、うちで販売することになっていたんです。どんなにつらくても春まで我慢すればその分の利益が入ってくるからって思って頑張っていたんです。でも今年から、どういうわけだか、その権利が他の本屋さんに移ってしまったんです」

最後のほうはほとんど消え入りそうな声で、秀三は説明した。老人は笑顔を崩さず、秀三を見つめている。

「お客さんは、駅のほうからいらっしゃいましたか？」

「私かね？　ああ、駅のほうから来たがそれが何か？」

「僕の店はこのあたりでは駅に一番近い本屋なんです。でも、今大きな駅ビルを造っているのをご存じでしょう。あの六階はワンフロアすべてが本屋さんになるそうです」

秀三は「どうだ参ったか」と言わんばかりの説明の仕方をした。

天神はその様子をおかしがってクスクス笑いながら僕に尋ねた。

「何の自慢をしてるんだか。それにしても、これすべておまえがやったの？」

「はい。どうしても秀三には誰よりも成功して幸せになってもらいたいですから」

僕は悔しさをかみしめながらうつむき加減でそう答えた。

老人は秀三のほうに二歩、歩み寄って耳元で小さな声で言った。

「お若いの。おまえさんは本屋をやめたいのかい？」

「やめたくないですよ。やめたくないけど……」

「じゃあ、なおのことやめてはダメじゃ」

秀三の目には涙がたまっていた。悔しさだけじゃない。怒りや、ふがいなさ。自分でも分からない、いろんなものが原因となってあふれてくる涙を止めることができない。

「やれやれ。仕方ないのぉ。よく聞きなさい、お若いの。私が誰か知っているか？」

「だから、知りませんよ。まだお名前をうかがっていませんから」

秀三はあからさまにイライラしていることが分かる言い方をしたが、老人の笑顔は変わらない。

「分からないことは、聞けばすむぞ」

秀三は面倒くさそうに尋ねた。

「お名前は何とおっしゃるんですか？」

「私は、山本天晴《やまもとてんせい》というものじゃ。聞いたことはあるか？」

「……いいえ。はじめて聞きます」

「それなら、それでいい。こう見えて結構、有名人でな。日本一裕福な人間になったことだってある」

「日本一の……？　山本さんが……？」

「シー！　声が大きい。ここだけの話じゃ。その私が言うんだから間違いない。おまえさんは恵まれておる。俗に言うツイてる状態じゃ」

「冗談はやめてください。こんなにツイてないこと続きで恵まれているなんて、ありえませんよ」

「本当じゃよ。これほど大きなチャンスを手に入れられる者は滅多におらん。おまえさんは最高にツイておるんじゃよ。世間から『商売の神様』と言われている私が言うんだから間違いない」

「そんなこと言われても……」

「おまえさんはまだ若いから、今自分に起こっている数々のことをツイてないと思ってしまうのも無理はない。でも、私の経験上、それだけ多くのことが一度におまえさんの人生に降りかかってくるというのは、またとないチャンスなんじゃよ」

「こんなの、ピンチ以外の何ものでもないでしょ。いい加減にしてくださいよ」

「おまえさん、私が何者なのか忘れたのかい？

少なくとも私は今のおまえさんよりも過酷な状況を何度も経験してきたが、今思えば、あのときにそういう過酷な状況がなければ、今私が手にしているすべての成功は手に入らなかったということが自分でも分かっておる。

だから、自分の状況を変えなければならない事態が起こるたびに、『今よりももっと素晴らしい人生を手に入れるためには、今の場所にとどまっていてはダメだぞ』と誰かが教えてくれているんじゃないかと思うようになったんじゃ。それを証拠におまえさん、こういう事態でも起こらない限り、頭を使って現状を変えようなんて思わなかっただろう」

「……」

秀三は何も言えなかった。実際に彼が考えていたことは、自分は何も努力していないが、売り上げが上がるという夢のような話だったのかもしれない。

父が残してくれたものだけに頼って、できる限り楽をして儲かることだけを考えていたのかもしれない。

そう考えていたら、まだ何もやっていない自分に対しても、腹が立ってくる。

「このまま何もせずに終わるのか？
このまま周りで起こることに恐れを抱いたまま、何もせずに負けを認めるのか？
膝を抱えて座り込み、嵐が過ぎるのをひたすら祈りながらじっとしているのか？」

秀三の頭の中には今までの感情とは違う何かが芽生えはじめていた。僕が彼に憑いてから、はじめてのことだった。

「僕は……僕は、本屋として成功してお金持ちになれますかね？」
「それは分からないよ。でも、幸せになるために必要なすべてのものを手に入れることはできるよ。今回の試練の数々は『今のままではダメだよ』『何かを変える勇気を持たなきゃすべてを失うよ』というサインだと考えてみなさい。このまま本屋として成功するのかもしれないし、本屋をやめて別の仕事をして幸せになるのかもしれない。

それは私には分からない。でも、この経験がなければ手に入らない幸せを必ず手にすることができるのは間違いない。

本屋を続けられるか、たたむかは問題ではない。

どんなことが起ころうとも勇気を持って行動する者には、後から、あのおかげで幸せになれたという瞬間が必ず与えられるんじゃ」

「でも、今の状況を変えるために、僕はいったい何をどうしていけばいいんですか？

こんなにお客さんの数が少なくなってしまったら、商売なんてやっていけませんよ。

天晴さんは日本一のお金持ちで、『商売の神様』って呼ばれている人なんでしょ。教えてください。どうすればいいんですか？」

「お客さんが少なければやっていけないと……？」

「そりゃあそうですよ」

「それならいい方法があるぞ。私の言う通りにやってみるかね？」

「はい、やりますよ。今の状況が変わるんだったら、何だってやります」

「本当かね？」

「本当です」

「じゃあ、あそこにいるお客さんに話しかけて、どんな本を探しに来たのか聞いてみなさい。それからあの人のお仕事、お名前をうかがって、おまえさんが読んだ本の中であの人にぴったりだと思える本を一冊紹介してあげなさい。ちゃんと自分の名前も伝えるんだよ」

「そんなこと……。押し売りじゃないですか。できないですよ」

「おいおい、言われたことは何でもやるんじゃなかったのかい？」

天晴は笑いながら言った。天神も同時に笑った。

「何でもやるとは言いましたが、押し売りなんてできませんよ」

「あのな、お若いの。悩みを抱えて生きる人間は、ほとんどすべてが、自分から幸せになろうとすることを放棄しておる。ただそれだけのことじゃ。今の自分のいる場所から動きたくない。ただそれだけの理由で今までと違うことをしようとすることを、いろんな理由をつけて否定するんじゃ。今の状態が変わるんだったら何でもすると言う奴はたくさんいるが、実際にこうしてみろと言われて、その通りの行動をとるのは一〇人のうち一人しかいない。おまえさんも残りの九人なのか？」

「そうじゃありません。ただ押し売りをしたくないだけです」

「そうかもしれんが、何でもやると言ったではないか」

「じゃあ、言い直します。押し売り以外なら何でもやります」

「案外強情じゃな。フフフ。まあ聞け。私が提案したのは押し売りじゃない。人助けだよ。人はどうして本屋に来るか分かるかい？　自分の内面を磨きたいからだ。心の掃除をしたいんじゃよ。

心のどこかにつっかえているものがあるからこそ本屋に来るんじゃ。

本を読むと自分の中にある何かが変わる。必ず変わるんじゃ。誰もが今のままの自分でいたいとは思わない。自分を変えたいと願っている。変わりたいと思っている。だから本屋に来るんだ。いいかね、本は薬以上に多くの病を治してくれる。本は食べ物以上にその人を作る上で大きな役割を担っている。そのことを忘れてはいかん。

言わばおまえさんはお医者さんじゃよ。

頭が痛いと訴えて来ている患者に、売りたいものが胃腸薬だからという理由でそれを勧めるのは押し売りじゃ。だけど、おまえさんが医者なら、何も言わないでカウンターの中に座って客が買いたいものを黙って見ているのも、あまり親切とは言えないぞ。もし頭が痛い客が買っていこうとしている薬が胃腸薬だったら止めてやるのが親切だろ。同じことじゃよ。

おまえさんが自分の売りたいものを勧めるのは押し売り。でも、その人が必要としている本を一生懸命、一緒に考えて勧めてあげるのは立派な人助けじゃよ」

「そうかもしれないけど、一人の時間を邪魔されるのは、お客さんが嫌がるんじゃ……」

「心配するな。押し売りじゃないと分かれば必ず心を開いてくれる。むしろ相談する相手を得て喜ぶはずじゃ。はじめてのことに挑戦するのは勇気がいるものじゃ。でも、勇気がなければすべてを失うぞ」

「でも……」

「やらない理由を探し続けるのは簡単なことじゃが、私にも時間がない。やるのか？　やらんのか？」

「分かりましたよ。やります……やってみますよ」

「よし、一つだけアドバイスをしておこう。最初に話しかける言葉は、工夫をしなければならんよ。お客さんのことをよく見て、分かることはできる限り情報として手に入れるんじゃ。いわゆる名医は患者を診た瞬間にどういう状態なのかが分かるものじゃ」

まったく弱ったなぁ、という表情で頭をかきながら、秀三は店の入り口近くにある本棚で本を手にとってはパラパラとめくって棚に戻している二〇代の男性へと歩み寄った。

はじめての試みで、動悸《どうき》が激しくなるのを感じた。手に汗をかいている。第一声がうわずらないようにだけ注意して話そう。そればかり考えて歩みを進めた。

その客の近くに来ると、平積みになっている本を整理するふりをして横目でチラッと彼のほうを見た。平日の午前中に本屋にいる二〇代後半の男性。髪型がしっかり整っているところを見ると、これから出かけるところであろうか。洋服の感じからしても、ある程度の収入はありそうだ。服装に気を遣っているのが分かる。自己啓発の棚と女流作家の棚を行ったり来たりしている。

もしかして誰かにプレゼントする本を選んでいるのだろうか――。

「今日は、お仕事お休みですか？」

驚いたようにその客は秀三のほうを見た。

「えっ……ええ、まあ」

「お休みの日に、本を選んでいるなんて、お客さん相当勉強熱心ですね」

「いや、そういう訳じゃなく、今度うちの常連のお客さんの誕生日なんで、何かいい本ないかなぁと思って……」

「ということは、お客さんは、客商売をされているんですか？」

「まあ、美容師なんですけど……」

「なるほど、このあたりの美容室は火曜日がお休みですからね。

今、お客さんが手にされているその本なんかも、結構、若い女性にはいいと思うんですけどね。素敵なラブストーリーですよ」

「ラブストーリーもいいけど、その人、なんだか仕事に行き詰まっているようだったから、やる気が出るような本がいいと思うんですよね」

その客は本棚のほうを見ながら独り言ともとれるようなつぶやきでそう言った。

「それなら、とっておきのいい本がありますよ」

秀三は隣の棚で平積みになっている一冊の本を手にとった。

「これです」

「はあ……」

その客は明らかにとまどった表情で表紙をまじまじと見つめている。

「僕、この本をある人に勧めたんです。そうしたらその人がとってもよかったって言ってくれたんですよ。『自分が磨かれた。ありがとう。この本を君が勧めてくれたおかげで、今まで以上に人生において多くの人に素敵なことができそうだ』って。この本をプレゼントしたら、贈られた方はきっとあなたに同じことを言うはずですよ」

秀三は本の説明をしはじめると、楽しくてたまらないという様子になった。鳥肌が立つほど興奮して、笑顔もみるみる輝いていった。

「そんなにいい本なんですか?」

「ええ、もうそれは。お客さん、お名前は何とおっしゃるんですか?」

「井出《いで》ですけれども……」

「『井出さんありがとう。私、井出さんのおかげで人生変わりました』ってきっと言ってもらえると思います。その方にプレゼントする前に井出さんが読んでみてくださいよ。お代はいりません。もし読んでみてプレゼントしようと思ったらお代をいただきますから」

「そういうわけにはいかないでしょ」

井出は苦笑いをしている。

「持って帰ってくださいって」

「いいですよ。ちゃんと買います」

「いえいえ、井出さんがご自分で気に入った本を選んでください。この本はおまけでいいですから」

「変な人だなぁ、おたく」

井出の苦笑いは、親しみを込めたものに変わった。

「松尾っていいます。この書店の店長なんです」

「松尾さん。でもちゃんと自分で選んだ本と二冊分払いますよ」

「じゃあ、もし読んだ後、僕の選んだ本がプレゼントとして選ばれなければお代はお返します。それでどうですか？」

「分かりましたよ。そうしましょう」

最後はちょっとあきれている。

結局、井出は自分で選んだ本と、秀三が勧めた本の二冊を買って店を出た。

店の端でそのやりとりの一部始終を見ていた天晴は、笑顔で大きくうなずきながら秀三が近寄って来るのを迎えてくれた。

「正直びっくりしたよ。話が上手じゃないか」

「この仕事をする前は、東京で営業の仕事をしていましたからね」

「なるほど。それでかね。いや、それにしても見事じゃないか。おまえさんが話しかけなければ、あのお客は一冊も買わずに出て行っていたはずだ。そして、ここから自転車で五分と離れていない大型書店に行くつもりだったじゃろう。しかも、もう二度とこの本屋に来なかったかもしれない。それが二冊も買っていってくれたぞ。それに、もしおまえさんの勧めた本が、本当に素晴らしいものだと思ったら、また来てくれる。きっと彼はここにしか本を買いに来なくなる」

「そうですかね」

確かにそんな気がしていたが、商売がうまくいった経験がない秀三は、それがぬか喜びに終わるのを恐れて、心から喜ぶことができなかった。

「まあ、見ていなさい。数日後にもう一回、同じ本を買いに来る」

「どうしてそんなことが分かるんですか？」

「おまえさんが紹介した本は、私がおまえさんから紹介してもらった本じゃろ？」

「はい、滝川泰年《たきがわやすとし》さんの本です」

「私も読んだから分かる。おまえさんの選択は素晴らしかったよ。この後、あの井出という青年があの本を読んだら、どの部分でどんな感情になるか手にとるように分かる。彼は必ずまた来るよ」

日本一のお金持ちにそんなことを言われると、悪い気がしない。秀三はなんだか自信がわいてきた。

自信がわいてきたのは実は秀三だけじゃない。それを聞いた福の神の僕も、なんだか自信が出てきた。今までにないことがはじまりそうな予感だ。

天晴はこう続けた。

「おまえさん、『お客様は神様です』って言葉を聞いたことがあるだろ？　今までのおまえさんはお店に入って来るお客さんを、お金を置いていってくれる機械くらいにしか思っていなかったんじゃよ」

「そんなことは思っていませんよ」

「思っていなかったとしても、結果的にそういう扱いをしてきたんじゃ。

お店にお客さんがたくさん入って来れば自然と収入が増えるって思っていなかったかい？　近くに競合店ができると分かると、もう売り上げが下がると決めたような態度だったのは、店に入って来る人の数が売り上げを決めると考えていたからじゃろ？結果、自分の店にお客さんがたくさん入って来るようにすることには興味を持ち、多くのお客さんが入って来る見込みがなくなったと感じて、店の経営を諦めようとしただろ。

まだ店に入って来ていない多くの人のことばかりを考えて、実際にお店に入って来てくれたお客さんに興味を向けようとしなかったじゃないか。おまえさんが興味を持っていたのは、せっかく店に来てくれたお客さんの人生をよくすることではなくて、その財布の中身だっただろ？」

そう言われてみて、お客の少なさにため息をつくことはあったが、その人の来店に感謝することはなかったことに秀三は、はじめて気がついた。

「目の前のお客さんが払ってくれるお金に興味を持つのではなく、目の前の人そのものに、その人の人生に興味を持たなきゃダメだよ。

お客さんはお金を運んで来てくれる機械じゃない。

人がたくさん来れば儲かると思っているなら、商売なんて今すぐやめたほうがいいぞ。でも、お客さんを一人の親友・家族として見ることができれば、そして、名前で呼び合い、感情を分かち合うことができれば、その親友・家族がきっと大きな幸福を運んで来てくれるはずじゃ」

秀三には返す言葉がなかった。

自由に本を選ぶ時間を邪魔しちゃいけないと思い、店に入って来ては何も買わずに消えてゆくお客を恨めしそうに見ていた。もっとたくさんお客さんが来てくれれば、もっともっと儲かるのにと思い、売り上げを上げる方法として客数を増やすことばかりを考えていた。

お店に入って来るお客にも名前があり、それぞれの生活がある。そんなふうに一人の友人として見たことなどなかった。

「せっかく縁あって、おまえさんのお店に足を踏み入れてくださったんじゃ。その人が誰で、何をしている人で、その人のために自分ができることはないか、くらいのことを真剣に考えないようでは、本屋どころかどんな商売をやってもうまくいかんじゃろ。

目の前にいる人に心から興味を持つ——。

人間関係の基本じゃが、そんな簡単なことすらできない商売人が多い。つまり、商売がうまくいかないのは自分の責任なんじゃ。それにもかかわらず、自分自身を変えようとせず、周囲の状況に対する恨みつらみばかりを言っていたんじゃ、店がうまくいかなくなって当然じゃな」

秀三は頭を強く殴られたような衝撃を感じた。自分では、お客の数が増えれば売り上げが増えるのは当たり前と思ってきたし、それだけを目標にやってきた。ところがどうやらそれは間違っていたようだ。衝撃はそのまま感動に変わった。

「さて、少なくとも、これで名前の分かるお客がこの店に二人になった訳じゃ。この二人はきっとこの先、この店以外では本を買わないよ。もちろんおまえさんが自分で自分の店を閉めたり、友人関係を放棄するようなことさえしなければな」

「だから天晴さんは、自分が誰か分かるかを再三質問していたんですね」

天晴は黙って微笑《ほほえ》み、ゆっくりとうなずいた。

「さあ、分かったら今日から再出発じゃ。来てくれるお客さん一人ひとりに、その人の人生に興味を持って接してご覧なさい。

その人が誰で、どういうことに興味があって、どんな仕事をしていて、趣味は何か。好きなことや嫌いなことは何であるか。どんなことに悩んでいて、何に苦しんでいるのか。『この人はこれからの人生をどういう人生にしたいと考えているんだろう』ってな具合に、どんなに小さなことでもいいから興味を持って話をしてみるんじゃよ。

結果として、私や先ほどの青年のようにおまえさんが勧めた本のおかげで人生が変わるような経験をした人は、ここにしか来なくなる。そして再び来店したときには必ずおまえさんと話をしたがるじゃろう。今の自分にぴったりの本との出会いを期待してな。

そうすれば、たとえ一日一〇人しか来店しなくても、その一人ひとりが山ほど本を買って帰ってくれる店になる。そうなれば一〇〇〇人が来店するけどそのうち実際に買うお客さんが一〇〇人しかいないお店と売り上げ的には変わらなくなるじゃろう。間違いないよ」

天晴はそう言って秀三の肩に手を置くと

「私は今日はこれだけいただこうかのう」

と言いながらいつの間にか選んであった本を一〇冊も買ってくれた。

「これからこのお店はまとめ買いが増えるぞ。そういうお客のためにカゴを用意しておくといい」

と、予言のようなアドバイスを残し、天晴は店を後にした。

秀三は自分の店の将来に一筋の光が差すような気がした。

僕にもようやく光が見えてきた。

人間の社会では、すべての人が他のすべての人とかかわりながら生きています。例外なく、すべての人はつながっているのです。

一人の人間が一日生きるために必要なものをあげてみたとき、そこに、はたしてどれだけ多くの人がかかわっているかを考えてみてください。

たとえば多くの人が起きて最初に使う道具、歯ブラシがどうやって手元にやって来たのかを想像してみるだけでも分かります。

原料となるものをとって来る人、それを材料にまで加工する人、デザインを考える人、より機能的にするために研究を重ねる人、それをさらに加工する人、包装を作る人、店においてもらうためにＣＭを作成する人、実際に直接お店と交渉する営業の人、品物を運送する人、お店に陳列する人、客に選ばれるようにポップを書いたり売れるための工夫をする人、レジの人……。

いろいろな人の手を借りて、はじめて手元に届くものです。歯ブラシ一本とっても どれだけ多くの人がそれを作るためにかかわっているか計りしれません。コップだって、蛇口だって、ドアノブや、タオル、タオルかけや洗面台だって、それぞれが何百人、いや何千人という人間の手を通って目の前に現れることになります。

そういう品物が無数にあって、人間の一日の生活を作っています。

それだけではありません。

精神的にもつながっています。

人間が他人と接するときの気持ちは必ず伝わるようになっています。

これは精神的つながりがあるが故です。

たとえば「あなたのことが好きです」と思いながら人に近づけば、その思いはちゃんと伝わりますし、「あなたのことが嫌いです」と思いながら接している人には、その思いは言葉にしなくても確実に伝わってしまう。

秀三は、同じ世の中に住んでいる人たちと、人間的につながっていることに気づきはじめてから、幸せな人生の入り口に立つことができました。

「私が興味を持っているのは、あなたの財布の中身だ」という考え方は、相手に伝わります。でもそれを感じたときに気分がいい人なんていません。「私が興味を持っているのは、あなたの人生を素晴らしいものにすること。僕はそのお役に立ちたい」秀三のこの思いは、秀三の店を訪れる人の心に響いていったというわけです。

このことは僕にとっても、その人の思いは必ず伝わるようになっている、ということを納得できた最初の経験でした。

僕たちが無理矢理、何かを教えようとしなくても、人間は経験から多くのことを学ぶことができます。

そして**人間が一番成長できる瞬間**、それが人と出会うときです。

だから福の神として活動するときに一番注意しなければならないことが、自分の憑いている人にどのような出会いを与えるかになるわけです。

大切なことは、どんなときでも行動する勇気を与えてくれる人と出会わせること。

世の中には二つのタイプの人間がいます。一つは、何かに挑戦しようとする勇気をくれる人。もう一つは、何かに挑戦しようとするときにその勇気を削《そ》ごうとする人。

人間は自分に起こっていることがが、そのときの自分にとって都合がいいことが続いているときに、「福の神」が憑いていると勘違いしがちです。そうではないということは、ここまでにも再三説明しました。

どんなにそのときの自分にとって都合が悪いことばかり起こっていても、自分に挑戦する勇気を与える人に囲まれているときが人生において最高にツイているとき。つまり僕たち福の神が活躍しているときなんですね。

人間は勇気がなければ、自分らしい人生をまっとうすることなんてできません。すべての人間は、自分の掲げた夢に向かって前進しようとするとき、その夢を実現するに足る勇気があるかどうかを試されるようになっています。

このとき、ほとんどの人がふっと勇気をなくしてしまいます。夢が大きければ大きいほど、今までにやったことのない挑戦であればあるほど、簡単に前進する勇気をなくしてしまうんです。そこで僕たち福の神の出番です。

みなさんが憑いた人間の夢の実現に必要なものは、まずは行動を起こす勇気です。だからそういう人との出会いをたくさんプロデュースしてあげましょう。

人間が幸せな人生を歩みはじめるきっかけ。

それは、勇気をくれる人との出会い。

途中、天晴は秀三にこう教えました。

「勇気をなくすものは、すべてをなくす」

すべての成功者が共通して感じている教訓です。

だからこそ、挑戦する勇気をどんどん与えてくれる人との出会いを大切にしなければなりません。それが、僕たち福の神の務めです。

そして、みなさんの憑く人がその出会いによって、「**大切なのは、目の前の一人の人生に興味を持つことだ。愛をもってその人を見ることだ**」という、人間社会で成功する上で一番大切なことがらに気がつくまで、その出会いを与え続けてあげることです。

第四話　好転

秀三が自分から本を紹介したはじめての客である井出が、再び店を訪れたのは次の週の火曜日だった。

その頃にはもう秀三はお客に話しかけることにも慣れ、名前と職業が分かるお客さんが三〇人以上もできていた。つまり三〇人ほどの人が自分の勧めた本を買っていったというわけだ。中には将来の夢まで話してくれた人もいた。

話しかけてみてはじめて分かったことだが、多くの人が、はじめはとまどいながらも、会話が進むと自分のことについて楽しそうに話してくれる。

邪魔になるのではという秀三の心配はとり越し苦労だった。

とはいえ、本人、そんな心配をしていたことすら忘れて、お店に来るお客に話しかけるのを楽しんでいるのだが、そのあたりは無邪気で見ていてかわいらしい。

僕もこのあたりから、秀三の様子を見ることが楽しく感じられるようになってきた。自分のやってきたことがきっかけで、ようやく秀三が今までとは違う方向に歩きはじめたからだ。

一つの成功体験は、次の成功へ向けた新たな行動を生むモチベーションになる。

秀三はお客さんが入って来るのを楽しみに待つようになった。いや、新しい出会いを楽しみに待つようになった。その数はまったく気にならない。たった一人でもいい。その来店が嬉しくてたまらないという気持ちになっていた。


その日、井出は駆け込むようにお店に入って来た。

「松尾さん！　松尾さん！　ありがとうございました」

早足で秀三のもとに歩み寄り、勢いよく右手を差し出してきた。何だか分からず秀三もつられるままに右手を差し出し握手をした。肩が抜けるほどの力強い握手だ。

「松尾さんが紹介してくれた本、最高でした。自分で選んだ本よりも松尾さんに紹介してもらった本のほうが断然よかったです」

「本当ですか。よかった。喜んでもらえて本当によかった」

「あの本、七冊ありますか？」

「七冊も？　二冊ならありますけど……」

「じゃあ、注文してくださいよ。この前買ったやつは自分のものにして、お客さんにプレゼントする用が必要ですから。あと、うちのスタッフ全員にも買ってあげて読ませることにしました。それから福島にいる弟にも一冊贈ってやろうと思って」

「わ、分かりました。さっそく注文しておきます」

「これから注文するんですか？　じゃあ、ついでに他のお客さんにもあげたいから一〇冊注文しておいてください」

結局、井出はその日に手に入る分二冊と、新たに秀三から紹介された別の本を三冊、合計五冊を買い、一〇冊分の本の注文をして、あげくに何度も「ありがとう、ありがとう」とお礼を言いながら帰った。

こんなに多くのお金をもらいながら、何度もお礼を言われるなんて、秀三にとってはじめての経験だった。

秀三の頭の中には、今自分がしていることが将来の大きな成功につながっていそうだという、漠然としたイメージができつつあった。


この出来事をきっかけに、秀三の店には秀三が紹介した本を読んだ人が、同じ本を誰かにプレゼントしたいと言い、同時に別の本を紹介してくれと押しかけるようになった。彼らは秀三と本の話をしていくうちに買おうと思っている本が両手で抱えきれなくなっていき、さっそく用意してあったカゴが役に立った。

驚いたことに、はじめの一週間に本を勧めた三〇人は一か月以内にほぼ全員がもう一度店に来てくれた。福の神である僕がそういう人を選んで店の中に招き入れているわけだから、実は不思議なことでもなんでもないのだけれども。

それでも、実際に一度お店に来てくれた人が再び来店してくれる様子を見るのは、僕にとってもはじめての心躍る出来事で、「やっぱり来てくれたんだ！」と思うと涙が出るほど嬉しかった。僕でさえそうだったのだから秀三の喜びはもの凄い。

「松尾さんが勧めてくれたあの本、素晴らしかったです」

と言われて、実際に涙を流すこともしばしばだった。

秀三が声をかける技量もどんどん上がっていった。それに比例して、自分の紹介する本を買っていってくれる人がどんどん増えた。そうして三か月が過ぎようとする頃、店の売り上げに変化が訪れた。今まで下がる一方だった売り上げの下落にストップがかかった。はじめて前月比でプラスになったのだ。

一つの成功は別のアイデアを引き出す。

一人のお客さんに本を紹介しているときには、別のお客さんは黙って見ているしかない。どうやったらもっと、多くの本を多くの人に紹介できるか。どうやったら、来た人が読みたくなるような紹介ができるかを、考えるようになった。

書籍のポップを手書きで書いたり、感想を言ってくれた人に言葉をそのまま書いてもらって、本の横に置き、書いてくれた人やその人の店の紹介文なんかも載せたりした。おかげで井出の経営する美容室の売り上げは上がったらしい。この店に来る人で井出の店を知らない人はいないというほど、秀三は多くの本の紹介に井出の書いてくれた感想を使っている。

秀三の知らないところであるが、井出の店では「松尾さんは福の神だ」という評判になっている。当の秀三本人は、そんなことを考えるひまもないほど、毎日が楽しくなっていた。ツイてるとか、ツイてないとかの問題ではなく、とにかく毎日楽しくて仕方がない。

店の周囲をとり巻く状況は何も変わっていない。それどころか、駅ビルがオープンして六階の全フロアを使った書店もオープンしたのだが、秀三の店は売り上げが増える一方だった。

まさにこのときにしてようやく秀三は、何をやってもうまくいきそうな予感を胸に抱きはじめた。

僕はその様子を、感動にうち震えながら見ていた。

本当だった。人間は僕たち福の神が想像もしないほど一瞬で成長するというのは本当だった。僕はその変化を目の当たりにした。この頃になってようやく僕は福の神としての自信を持てるようになってきた。とはいえ、まだ自信と不安が交互にやって来るような感じではあったが。

このときの秀三はもう、どんな成功体験を与えても、それがプラスにしか働かない状態でした。新米福の神の僕にとって、そういう状態になっただろうと判断することは勇気がいることでしたが、思い切ってたくさんの素敵な出会いを引き寄せていきました。結果として、その出会いが新たな成功体験を生んでいくという状態になりました。

ただ、ここで一つみなさんには注意しておかなければなりません。

受けとる準備が整っていない人に対して、数多くの成功体験を経験させるのは、福の神のやることではありません。貧乏神がよく使う破滅へのプロセスです。

たいした企業努力もしない起業家の会社を儲けさせたりしても、不況に強い会社にはなりませんし、その後の努力も工夫もできなくなります。

自分のことしか考えていない人に、ギャンブルで大儲けをさせたりするのもその典型的な例です。「そんなことは分かっている」と言うみなさんの声が聞こえてきそうですが、ここは声を大にして言っておかなければなりません。

人間の親がやってしまうように、どうしても頑張っているわが子を見ると「ちょっとくらい成功させてやろうか……」という親心が出て来てしまうものですからね。実際私も何度かそうした葛藤に苦しめられました。でもそこで、受けとる資格のない者に、受けとる資格がないほどの成功体験を与えてしまうのは、結果的にみなさんが憑くことになる人を幸せから遠ざける行為になるということを忘れないでください。あくまでも、その人が受けとることのできる器に応じた成功を与えることに終始すること。それが本当にその人を幸せにする最短の方法なのです。

大丈夫です。安心してください。福の神を呼び寄せることができた人は、今の自分に必要なものはすべて与えられているということに、ゆくゆくは気がつくことができるだけの聡明さを持っています。

さて、この段階で秀三は「幸せとは何か」に気づく入り口にたどり着くことができました。

それまで、幸せとか成功というものを、

「何かを達成することであり、何かを手に入れることである」

と思っていた秀三は、何かを達成せず、何かを手に入れることなく、幸せを、そして成功を感じることができるという経験をしました。

実際に秀三だけでなく当時は僕も、そう考えていたんです。

でも秀三が幸せや成功を感じる姿を見て、幸せとは何かを手に入れたり、達成したりすることではないんだということがよく分かりました。

人間は「〇〇があると幸せ」「〇〇を手に入れると成功」「〇〇になるのが成功」と定義するのが好きです。でも本当はそうではありません。

幸せとか、成功しているというのは、何かがあればという条件が必要なものではなく、今すぐにどんな状態であっても感じることができるものなのです。

何はなくとも「今、幸せだ！」「僕の人生は成功している！」ということに今すぐ気づくことができれば、一生幸せで、成功した人生が約束されます。

そして「幸せだから○○を手にした」「成功したからこそ○○が自分のもとにやってきた」というように、多くの人が幸せや成功するための条件だととらえているものは、成功した結果としてもたらされるものだということも、正しく理解することができるようになります。

この時点で秀三の店は決して繁盛したわけではありませんし、売り上げが過去最高を上回ったというような素晴らしい結果を手にしたわけでもありません。ただ単に前月比で売り上げがわずかながら上がっていたにすぎないのです。

つまり、**自分がかつて思い描いていた「こうなったら幸せなのに……」といった条件を何一つ満たしていないままに、幸せを感じることができました。**

もちろんこのとき秀三は、そのことを言葉で表現できるほどはっきりと認識していたわけではありませんが、秀三が自他共に認める大成功者の仲間入りをしたのちに、彼がある言葉でこの日のことを振り返って人に話したことがありました。それは、

「幸せとは未来を予想する力だ」

自らの経験をこういう言葉に集約して、教訓にしてしまうのが、人間の持つ本当に素晴らしい才能の一つだと感心してしまいます。

「あれがこうなったら……」と周囲の状況が好転することばかりを期待していたときには決して得ることができなかった幸福感を、彼は「こうやって、こんなことをやってみたら明日はもっと素晴らしい日になるかもしれない」と想像することによって手にすることができました。

つまり、状況とは自らが工夫して作っていくものであり、幸せとか成功というのは、それを手にしたときに訪れるのではなく、その工夫を楽しんでいるときに「感じる」ことのできるものだということが分かった瞬間だったわけです。

これから福の神になるみなさんは、この状態をよく覚えておいてください。

幸せや成功というのは、何かを手に入れるからなれるものではない。

今、この瞬間にも「幸せだ」「成功している」と感じるものである。

みなさんが憑いている人がこの感覚を持って生きはじめたとき、その行動の結果として、みなさんはその人の人生を豊かにするための出会いをどれだけ多くプロデュースしても構いません。

ここまで成長してくれれば、みなさんが憑いた人が幸せな人生を送れる成功者になるのも、目前です。

とはいえ当時の僕は、まだまだ先のように感じていたのですが。

第五話　迷い

秀三の店は日を追うごとに、にぎやかになっていった。

いつもの顔ぶれが集まっては本の話をして、何冊かの本を買っていってくれる。そういう光景も当たり前になった。売り上げが伸びることで店をたたまなければならない心配もなくなった。

さて、そうなると毎日幸せに暮らしはじめたんだろうと思われがちだが、そうではない。

実は、店がうまくいけばいくほど秀三は何とも言えない気持ちで胸が苦しくなりはじめた。

それは、それまでには経験したことのない気持ち。

その気持ちの正体を秀三自身もうまく説明することができなかった。商売がうまくいかないときに不安を感じるのは誰もが分かることだが、商売がうまくいきはじめたときにそれ以上の不安を感じることになるとは想像すらしなかった。

その様子は僕を混乱させた。

店がうまくいけばいくほど不安になっていくなんて、人間はなんて複雑なんだ。

そう思って、『幸福の人生マニュアル』のページをめくってみると、確かにそれについての項目がある。

そういうときに大切なのは、**「成功したことを心から楽しんで生きている人に触れることである」**とある。

というわけで僕は、秀三に天晴に会いに行くという行動をとらせるように仕向けた。

秀三は天晴が注文してあった本を届けるついでに、彼に相談しようと思いついたと自分では思っている。

天晴の家は秀三の店から車で二〇分くらいのところにあるらしい。本が揃ったら電話で連絡することになっていたのだが、注文する際、住所も書いてもらっていたので店番をパートの人に頼んで、自分で届けることにした。

秀三が天晴の家に行くのは、そのときがはじめてだった。

地図を頼りに車を走らせたが、書かれた住所の近くになっても立派なお屋敷のような建物は見当たらない。数分間それらしい場所を車で回ってみたが、結局、天晴の家は分からず、そこで見つけた精肉店で尋ねてみた。

その肉屋さんの答えは、秀三にとって意外なものだった。

「山本先生の病院は、その二つ目の角を左に曲がったところだよ」

「病院?」


天晴は日本一の金持ちでも何でもなく、単なる開業医だった。

天晴の営む病院の前に着いたとき、秀三の落胆は最大級のものになった。

一目で古いと分かる建物。すすけた看板には「山本医院」という文字と、「院長山本天晴」という文字がはっきりと見てとれるが、それよりもはっきりとした太い油性ペンで落書きがされている。落書きは何と書いてあるかが分からない。

秀三はため息を逃がすような深呼吸をして入り口の扉を開けた。

待合室には数人の患者さんがいた。

「あのう、……すみません。長船堂書店の松尾ですけど……山本先生はいらっしゃいますか?」

「は～い、ちょっと待ってくださいね」

診察室の中から出てきたのは、白衣を着た若い女性だった。

あまりに美しい人と急に出会うと、言葉が出なくなるらしい。秀三は何かを話し出そうとして息を吸い込んだ口が開いたまま固まってしまった。

「初診ですか？」

「えっ？　あっ……いや、あの、そうじゃなくて。本屋です」

「本屋さん？」

白衣の女性は、秀三の様子を見て笑いをこらえるように言った。

「はい。あの、ここの天晴さん、いや、先生が注文された本を届けに来たんですけど……」

「ああ、そういうことね。あいにくですが、今、祖父は外出中でいないの。今日は帰りが遅くなると思うわ。今は私しかいないから、私でよければ預かっておきますけど？」

「いえ、あの、先生に本が届いたということだけお伝えください。別に、お話ししたいこともありますので……」

秀三はそれだけ言うと、逃げるように病院から出て来てしまった。いろんな予想外が重なったことにより、どうしていいのかが分からなくなってしまったからだが、一番の予想外は、天晴の孫だという美しい女性との出会いだった。

数日後、天晴は店を訪れた。

「よう、お若いの。私のところに本を届けに来てくれたそうじゃの」

「天晴さん。驚きましたよ。天晴さんはお医者さんじゃないですか」

「そうじゃよ。私は医者だがそれがどうした？」

「日本一のお金持ちだなんて嘘じゃないですか」

「私は、日本一のお金持ちなんて言ってないぞ。それはおまえさんが勝手にそう解釈しただけじゃ。私は日本一裕福な人間になったことがあると言っただけじゃ」

「でも、『商売の神様』って呼ばれてるって……」

「ああ、患者さんでお店を経営している人は、よく相談に来るんでな。その人たちから、ありがたくその称号をいただいているんじゃよ。まあ、おまえさんが勘違いをしていることは分かっておったが、そのままにしておいたほうが面白いかと思って黙っておった」

「とにかく、すっかりだまされましたよ」

「ハハ、でもそのおかげで、商売を続ける目処《めど》が立ったんだからいいじゃないか」

「まあ、そうですけど……」

秀三はわざとふてくされた顔をして見せた。

「で、わざわざ私のところに来たのには訳があったんじゃないのかい？」

「そうだったんですけど……」

「おまえさんの気持ちを代弁してやろうか？　私が日本一の金持ちで商売の神様のように思えたからこそ頼りにしていた。それなのに単なる病院の先生だって分かって、はたして相談して大丈夫なものか、と思っているんじゃろ？　それもあんなおんぼろ病院の経営者だなんて」

「いや、そんなことは……」

「よいよい。顔にそう書いてある。あのな、お若いの、いいことを教えてやろう。豊かさというのは心の状態でしかない」

「心の状態？」

「そう、心の状態でしかない。それなのに、それが分かっておらん奴は、何かを手に入れることだと思っている」

「でも、実際にたくさんお金を持っている人は、豊かになるじゃないですか」

「決してそうではないぞ。おまえさんよりはるかに多くのお金を持っているにもかかわらず、日々不足感に悩まされて生きている奴もいるし、おまえさんよりはるかに少ない収入で、この世のすべての豊かさを手に入れたほどの豊かさを感じながら生きている奴もいる。それが事実だ。


おまえさんに一つ質問をしてみよう。


同僚が毎月三〇万円もらっている中、自分だけ四〇万円もらって働いている一郎君と、自分は五〇万円もらっているけど、自分以外の同僚はみな一〇〇万円をもらっている状態の中で働いている次郎君がいるとする。どちらのほうが、『自分は幸せだ。成功している』と思って生きていると思うかね？」

「それは……やっぱり一郎君だと思いますけど……」

「その通り。つまり、自分が豊かであると思えるかどうかは、手にした富の大きさではないということが分かるじゃろ。多くの人は幸福の基準を自分の中に置くのではなく、他の人との比較に置いている。でも、これでは、絶対に幸せな人間にはなれない。どこで生きていても、自分よりもたくさんのものを持っている人は大勢いるからね」

「おっしゃることは分かります。でも、他人と比較しない生き方をすれば、自分が手に入れているものに満足して幸せを感じられるというのも違うと思うんです。大切なのは自分の欲しいものが手に入っているかどうかなんじゃないんですか？　お金をたくさん持っていても自分の欲しいものが手に入っていなければ幸せを感じることができないし、ほとんどお金を持っていなくても、欲しいものが手に入っていれば幸せを感じることができるじゃないですか」

「ほ、ほう。結構、哲学的なことを考えるようになったのう。ただ、残念ながらそうではない。

　確かにおまえさんの言うように、欲しいものを手に入れたときには幸福感を感じることができる。そういった意味では、お金にせよ何にせよたくさん持っている人のほうが幸福感を感じる経験をたくさんしていることになるかもしれない。でも、必ずしも欲しいものをたくさん手に入れた人が幸せを感じているというわけではない。よく考えてみなさい。欲しいものを手に入れた後に訪れるものは何だ？　満足かい？　それとも不安や不満かい？」

「……満足……じゃないんですか？　僕はお金持ちになったことがないし、欲しいものを手に入れた経験もあまりないのでよく分からないですが……」

「おまえさんは気づいていないだけで、おまえさんの人生は、今までおまえさんの欲しいものをすべて手に入れてきたんじゃよ。まあ、それに関しては、じき分かるときが来る。

それより、もう一度よく考えてみなさい。欲しいと思っていたものを手に入れた瞬間に幸せを感じる。これはいいとして、その後に訪れる感情は何だと思う？」

秀三は答えに困っていた。それまでは、目標を持ちそれを達成することが幸せであると信じて疑ったことなどなかった。ところが、どうやら欲しいと願っているものを手に入れた後に訪れる感情は、「幸福」ではないらしい。何だろう。どうしてかは分からないが、このとき秀三の脳裏には、天晴の病院で会った美しい看護師の姿が浮かんだ。

秀三が彼女の姿をイメージしていることに気づき、僕は思わず笑ってしまった。

「ほう、どうしてそう思う」

「欲しいものを手に入れるまでは、それが手に入ったら幸せだろうって想像するけど、実際にそれを手に入れたら、今度はそれを失うことが怖くなるから……ですか？」

「まあ、そういうことじゃな。何かに対して『手に入れれば幸せなのに』と思って生きている者は、実際にそれが自分の人生に必要か否かを考えているのではなく、それを持っている他人を見てうらやましいと思っているだけじゃ。つまり、他人と比べてたくさん持っていれば幸せな気がしているんだね。

ところが、それを手に入れたところで、周りを見てみるともっと多くのものを、もっと素晴らしいものを手に入れた生活をしている人はいくらでもいる。だから他人と比較して幸せを感じようとする人はいつまでたっても幸せを感じることはできないね。

「……不安。ですね」

それから、お金がたくさんなければ幸せになれないというのはウソ。

さっきも言った通り、豊かさとは心の状態だ。だからお金をたくさん持っている人の心の状態は豊かさを感じることができやすいという意味では間違いではない。でもだからといって、お金をたくさん持っている人は必ず豊かさを感じることができるかというとそういうわけではない。

おまえさんのお店もだいぶ変わってきたね。以前とは比べものにならないくらい収入も増えて安定してきたじゃろ。だからこそ、私の言いたいことが分かるんじゃないのかね」

「そうなんです。実はそのことで相談しようと思ってうかがったんですが、天晴さんがお留守で、若い看護師さんしかいませんでした」

「看護師……？　ハッハッハ、あれは看護師じゃないよ。私の孫娘。れっきとした医者じゃよ。若い者は白衣を着た若い女と見ると看護師だと思ってしまうらしい。まあ病院にあまりなじみがない証拠じゃから結構なことじゃが」

秀三は恥ずかしくて顔が真っ赤になるのを感じた。

「まあよい、それで、相談ごとっていうのは何だったんじゃ？」

「はい。あの……おかげさまで本屋を続けていけそうだということになりまして……。売り上げも少しずつではありますが上がってきたんです。だから、生きていけるかどうかの心配はしなくてすむようにはなったんですが、何と言いますか……この先どうなっていくんだろう……という思いというか、この先何をしていけばいいんだろう、という迷いというか、そういうものが生まれてきまして……」

「うん。それこそがまさに欲しいものを手に入れた後にやってくる不安じゃよ。人間は生きている以上、よりよい生き方を求めるようにできている。だからいつも何かしら目標を掲げて生きようとする。ところが多くの場合、その目標は達成されればされるほど不安になる。

たとえば会社勤めをする若者は自分の給与明細を見て思う。この五倍は稼げるようになりたい、となる。で、月日が流れその目標を達成する日がやって来る。そのとき目標を達成した喜びで感動の涙を流す者は一人もいない。それよりも何とも言えない不安に駆られて、精神的に不安定になる。ほとんどの場合はそうだ」

「そうかもしれませんね。何となく納得できます。でも、どうしてそんなことになってしまうんでしょう？」

「まあ、あせるな。どうして納得できるのかを聞かせてくれないか」

「売り上げがよくなってくると安心はできるんですが、それ以上に将来に対する不安も大きくなっていくんです。今月はうまくいったけど来月うまくいく保証は全然ないし。調子がよくなってきた売り上げを見込んで生活水準を変えてしまうと、また調子が悪くなってきたときにもとの生活に戻すのが大変そうだし、そんなことを考えるとローンでものを買うことなんて怖くてできないし。すべてが思い通りにいって、お金がある程度貯まったら店舗を拡大したりしたいとも考えたんです。でもお店が大きくなると売り上げが増える可能性はあるけど、それによって在庫も抱えなければならないし、人件費も増えることを考えると事業を展開することも実はリスクが大きいような気がするし……。そうこうしているうちに、うちでやっていることなんて簡単なことばかりですから、他の本屋さんが真似しはじめたら、とても大手さんにはかなわないような気がするんです」

「おやおや、せっかく本屋として成功しはじめたっていうのに、その幸せを感じる余裕がないというのはもったいないね」

「笑いますけど、僕にとっては切実ですよ」

「分かった、分かった。でも、それらはすべてとり越し苦労じゃ。心配するな。未来はおまえさんが思っている以上に明るい」

「そうだといいんですが……」

「案外心配性なんじゃな。おまえさんのように目標を達成すればするほど不安になったり、とり越し苦労をしてしまうようでは、これから先どんどん成功すればするほど不幸になってしまうぞ。どうする？」

「本当ですよ。これは切実な問題ですよ。どうしてこんなことになってしまうんですか？」

「簡単なことじゃよ。おまえさんが大切なことを一つ決めていないがために起こることじゃ」

「何をですか？」

天晴は一つ咳払いをしてから、ゆっくりと言った。

「おまえさんは、おまえさんの人生を使って何をしようと思っているんだい？」

「『僕の人生を使って……何をするか……？』ですか？」

「そう、おまえさんは何のために生きているんだ？　何のために成功したいんじゃ？それを決めていない」

「僕は、一応本屋として一生、生きていこうと思っていましたが……」

「本屋は手段であって生きる目的ではない。本屋という職業を通じて自分に何ができるのかを考えたことがあるかい？」

　秀三は考え込んでしまった。今まで必死で本屋の経営を立て直すためだけに頑張ってきたような気がする。そこで改めて、自分の人生を使って何をしようとしているのかと聞かれても、自分でも何をしようとしているのかが分からないのである。

　天晴は店の内外をぐるっと見渡して、何かを探しはじめた。

「外を見てご覧なさい。何が見えるかね？」

「大きなトラック……ですが……」

「おまえさんが、一生懸命商売をやって、成功した結果、あれをもらえるとしたらどうだ？」

「いらないですよ。トラックなんて」

「どうしてじゃ？」

「だって僕には、必要ありませんよ。トラックをもらっても使うことがありませんし、維持費だってかかるし」

「でも、トラックは本当に高価なものじゃよ。実は会社の社長が乗るような高級車よりも値段は高い。それでもいらないのかね？」

「もらった瞬間にお金に換えますね」

「ハッハッハ、分かっておらんのう。結局同じことだ。いいかね、これはたとえ話だ。どうしておまえさんがトラックはいらないと思ったのか自分で分かるかな？」

「今の僕には必要ないからです」

「その通り。つまり、もらったものの使い道が頭の中になかったから、『いらない』って思ったわけじゃ。そういうものをもらっても困るわけだ。

ところが、世の中には同じ本屋でもそれが欲しいという人もいる。荷台の部分を改造して移動式の本屋をやってみようと思っている人や、移動図書館を作って本を読みたいけどこちらから出向いてあげなければ読むことができない人に本を届けたいと思っている人だ」

「だから、お金に換えて、僕に必要なものに……」

「おまえさんに必要なものって何だ？」

「それは……、あの……」

「結局何に使うか分からないけど、とりあえず持っていたほうがいいからという理由で、何かを手に入れようとするのは、それがお金であれトラックであれ、手に入れたときに感じる不安は同じものじゃよ。お金だって維持費がかかるんじゃよ。だからこそ、自分の人生を何のために使おうとしているのかという、生きる目的が必要になってくる」

「……」

「自分の人生を何に使おうとしているのかを考えるのは、本当に重要なことなんじゃよ。それが分かっていれば、手に入ったものを見て不安になることがない。目標を達成したはいいけど不安になるというのは、本末転倒になっているという証なんじゃよ」

「本末転倒……ですか？」

「そう、あのトラックはどうしてこの世に存在するか分かるかい？　大きなものを運べればいいなぁという思いが先で、そのために必要なものが作り出された。それがトラック。先にトラックが作られて、後からこれって何に使えるかなぁって考えたわけではない。つまり、『大きなものを運びたい』と思っている人にとっては必要かもしれないけど、そういう願望を持っていない人にとっては必要ない。大切なのはその思いじゃろ。

ところが多くの人には、その思いがない。思いはないけどトラックを欲しがる。持っている人のほうが、なんとなく幸せそうに見える。そこで頑張って手に入れようとする。ところが実際に手に入れてみてから気づく。これ、手に入れたはいいけど、何に使おう。維持費だけでも結構、大変だぞってな具合に。『トラック』が『お金』に変わったところでまったく同じなんだよ」

秀三はハッとした。

「僕は、僕の人生を使って何をしようとしているのか……」

秀三は独り言のように何度かそうつぶやいた。

「おまえさんが、自らの生きる目的をしっかり持ったとき、手に入るものすべてはそれを実現するために必要な道具になる。その道具を手に入れたときに不安を感じることなどはない。それがどれだけ大きな物であれ、多額のお金であれ、不安とは無縁になれる。手に入ったことに感謝することはあれ、不安に駆られることはない。おまえさんが考えなければならないのは、どうやってお金を儲けるかではない。どうしてお金を儲けなければならないのかなんじゃよ」

秀三は背中を平手でドンッと叩かれたような衝撃を受けた。感動で目が潤んだ。自分の人生が大きく変わりそうな瞬間を、肌で感じることができた。おそらくこれから先、自分の人生が変わっていくだろう。そして何がきっかけであなたの人生は変わったのですかと誰かに聞かれたら、きっとこの一言を答えることになるだろうと、秀三は直感していた。

「僕が考えなければならないのは、どうやって成功するかではない。どうして成功しなければならないのかだ。仕事だって同じだ。どうやってお金を儲けるかではない。どうしてお金を儲けなければならないのかだ」

とっさに秀三は聞いた。

「天晴さんは……天晴さんは何のために生きているんですか？」

「私かね。私は医者だ。私は私の友達が病気をきっかけに、自分の生きる目的を見つけ、その目的のために生きるという生き方ができるようなお手伝いをするために生きているつもりだ。まあ、今私がおまえさんにしているようなことを、私の友達にしてあげるのが使命だな」

「天晴さんのお友達っていうのは患者さんのことですか？」

「そうだな。でも私は患者という言い方が好きではない」

「病気を治すことが使命だとは思わないんですか？」

「治る病気は放っておいても治るし、治らない病気は私がどうあがいても治らない。世の中の医者は病気を治すことが使命だと思い、病気と闘っている。勝つことのできない闘いだ。なぜなら、死なない人はいないからね。生まれた瞬間から人は死ぬことが決まっている。もちろん医学の力によって救われる命は多い。だから私も最善を尽くしている。ただ、病を作る原因はその人の生き方の中にある。私の友人たちが本当に必要としているのは、病気になったときにそれを治す医者ではなく、病気にならない生き方を教えてくれる友人だと私は思っている。

今の世の中、生きる力を必要としている友達があまりにも多い。医者ではなく心から信頼できる友達がいれば、病気そのものにならずにすんだ人がたくさんいる。生きる目的をちゃんと持ってさえいれば不安に見舞われず、体を壊すまで働いたり、精神的に追いつめられずにすんだ人がたくさんいる。自らが生きる目的をちゃんと持つことによって救われる命がたくさんあるのじゃよ。ほとんどすべての病人がそうだと言ってもいいほどじゃ。

私が手に入れたものは、お金であれ、物であれ、その友達のために使ってきた。もちろんすべてではないよ。自分が生きるためにも多くを使った。だが、私は私の生きる目的をずっと持ち続けたからこそ、自分の人生で手に入れたすべてのものに感謝をし、不安を感じることなくそれらを享受できたのじゃよ」

「すごい！　すごく素敵なことですね」

「ありがとう。お若いのにそうやって言われると照れるのぉ。それより、今度はおまえさんの番じゃ。おまえさんの店はこれからも、今まで以上に繁盛して、たくさんの人が集まり、たくさんのお金が集まり、たくさんのものが集まって来るぞ。おまえさんはそれを何に使おうと思うんじゃ？　自らが生きる目的をしっかりと持たなければならんぞ。それができれば、どれだけ多くのものを手に入れても不安にさいなまれることなんてないし、そのために必要なものなら、どれだけ巨額な買い物をしても、罪悪感に見舞われたり、不安になることもないのだから」

　秀三は、天晴の言葉を一つひとつかみしめていた。

「いい機会ですから、ちょっとゆっくり考えてみます」

「そうするといい。まあ焦ることはないじゃろう」

「それにしても、病院の看板は替えたほうがいいですよ。落書きがされたままですから」

「ああ、あれかね。私もそうしようとしたんじゃが、孫娘が幼い頃に書いたものでね。今となってはいい思い出になっているから直すに直せんのじゃよ」

「なるほど。そういう事情があったんですね」

　秀三の潤んだ瞳は遠くを見ているようだった。見えるはずもない自分の未来を頭の中で想像してそれを見つめるようにしていた。

僕たち福の神が憑いた人を本当に幸せにできるかどうかは、その人に使命感を持たせることができるかどうかにかかっています。

僕もこのときはじめてそのことを実感しました。

人間が抱く夢には達成すればするほど、不安に駆られたり、苦しくなったり、押しつぶされそうになる夢と、達成すればするほど幸せになる夢とがあります。

僕たち福の神が憑くことができる人は、はじめに言ったように、人知れずいいことを積み重ねてきた人か、他人の成功を心から応援、祝福することができる人、もしくはすべての人に対して愛をもって接することができる人に限られています。

しかし、そういう人たちであっても、この使命感を手に入れるまでは、つまり、自分の人生を何のために使うのかを決めるまでは、達成すればするほど苦しくなる夢を抱き続けている人がほとんどです。

そういう人に対しては、まず、夢にはこの二種類があるんだということをしっかり学ぶことができる経験や出会いが必要になります。その出会いを用意するのが僕たち福の神の役割です。

達成されればされるほど不安になる夢

・大きな家を建てる
・会社を創る
・ある特定の職業に就く
・お金をたくさん稼ぐ

これらは、本当の夢ではありません。

すべては本当の夢を実現するための手段でしかないのです。

どうしても達成したい夢がある。そのためには大きな家が必要である。

どうしても達成したい夢がある。そのためには自分で会社を創る必要がある。

どうしても達成したい夢がある。そのためにはある特定の職業に就く必要がある。

どうしても達成したい夢がある。そのためにはお金が必要である。


そしてその、どうしても達成したい夢というのが、人間として生きる使命になるわけです。


僕たち福の神は、使命を持って生きる人を、その使命が人間として正しい使命だと判断した場合、どこまでも必要なものを与える手助けをしていいことになっています。

それが莫大なお金であれ、普通ではあり得ないと考えられる出会いであれ、起業した会社の成功であれ、とにかくどこまでも支援していいことになっています。

人間として正しい使命というのを難しく考える必要はありません。

その使命が、本人を幸せにするものであり、その人にかかわるすべての人を幸せにするものであり、なおかつ世の中を幸せにするものであれば、その使命は正しいと判断していいのです。


秀三もこの出来事をきっかけに、自分の持つ本当の夢について考えはじめます。

そうなると、僕たち福の神は一つ大切な仕事を残しています。

それが何かはこれからのストーリーで明らかになります。

ここで僕たちが出会いによって伝えなければならないことは何かを、天晴の言葉を借りてまとめておきます。


考えなければならないのは、どうやって自分の欲しいものを手に入れるかではない。

どうしてそれを手に入れなければならないのかである――。

第六話　種と花

秀三は天晴の言葉を頭の中で繰り返していた。

「僕は自分の人生を使って、何をしようとしているのだろう。僕は自分の人生を通じて成功したいと思っている。でも、僕はどうして成功しなければならないのだろう。成功した先に何を見ているのだろう」

秀三はそれまで考えたこともなかった自分の使命について考えはじめた。


ただ漠然と、商売をして成功をしたいとか、幸せになりたいとか、お金持ちになりたいということはこれまでずっと思ってきたことではあったが、どうして成功しなければならないのか。どうしてお金持ちにならなければいけないのかなんて、ほとんど考えたことなどなかった。

何も考えずに、そのほうが幸せだろうと思っていた。でも、どうやらそうではないらしい。現に商売がうまくいけばいくほど、不安が秀三にのしかかってきた。

だからこそ天晴の考え方は、秀三にとって本当に納得のできるものだった。


自分の使命を自覚し、それを達成するために必要なものだから、お金を集める努力をしたり、商売を成功させる必要がある、という考え方。
なんとなく感じるものはある。でもはっきりと「これのために生きている！」と説明することができないまま、数日が過ぎた。

いつもは常連客が数人いる時間になっても、その日は珍しく誰も来なかった。以前の秀三ならその状況に焦りを感じて、いちいち気に病んでいたが、今の彼はそういうこともない。それだけでも本当に成長したと言える。

人間というのは、本当にたった一つの発見がきっかけで、まったく別の人間としての人生をはじめられるんだということを、僕はしみじみと感じた。

その日はパートの人がいない日だった。
店を開けっ放しにして、隣のコンビニに昼食用のサンドイッチを買いに行っている間に、一人のお客さんが店内に入って来ていた。はじめて見る顔である。この頃になると秀三も闇雲に話しかけるのをやめて、相手の様子をよく見て話しかけるタイミングを見つけるのがうまくなっていた。

そのときすでにそのお客さんの手には三冊の本が抱えられていたが、まだ興味深げに本棚を見回っている。

「よかったらこれ、使ってください」

秀三はカゴを差し出しながら近づいていった。

「ああ、どうもありがとうございます」

「何かお探しですか？」

「いえ、特に探しているというわけではないのですが、本の紹介の仕方がおもしろいなぁと思って感心していたんですよ。どんどん買ってしまいそうですね」

「ありがとうございます。どんどん買ってください」

「ハハッ、ほどほどにしておきますよ」

秀三はその客が手にしている本をチラッと見た。

「お客さん。その本を手にされているということは、きっとお仕事か何かでお役に立てようと思って、ここに来てくださったってことですか？」

「ああ、これですか？　そうですね、仕事柄いろんなジャンルの本を読まなければなりませんからね」

「失礼ですが、どういった関係のお仕事をされているんですか？」

「こっち関係の仕事です」

彼は、右手で何かを書くジェスチャーを見せた。

「ええっ！　作家さんですか？」

「まあ、そんな感じです」

「お名前をうかがってもよろしいでしょうか？」

「滝川といいます」

――え？

秀三は一瞬固まった。


「滝川さんって、あの滝川さんですか？　滝川泰年さんですか？」

秀三はそれから気が動転して何をどうしゃべったのかをよく覚えていない。

ただ、握手をして、この本屋が変わるきっかけをくれた本が滝川の本だったということを必死で伝えて、天晴との出会いや、井出との出会いについて説明していった。

「で、そもそもどうして滝川さんがこのお店にいるんですか?」

「僕の本を読んだ人が、手紙を送ってくれて、その手紙の中に、このお店のことが書かれていたんですよ。店長さんに勧められて買ったけど、読んでみたら本当によかった、ありがとうございますって。で、その手紙の中にどうやら他のお客さんにも僕の本をたくさん勧めてくれているって書いてあったので、出版社に調べてもらったんです。そうしたら確かに長船堂書店さんが日本で一番僕の本を売ってくれているってことが分かったんですよ。そこで、どんな本屋さんかなぁと思って見に来てみたんです。まさか、早々に正体がばれてしまうとは思ってもいませんでしたよ」

秀三は、奇跡のような出会いと、「長船堂書店さんが日本一」という言葉にすっかり舞い上がってしまい、自分でもどうしてそんなことを言ったのか、あとから不思議に思えるようなことを口にしはじめた。ただ、この言葉が秀三の人生において目指すべき使命を形作る第一歩になったのだが。

「滝川さん!」

「は、はい……?」

「僕は滝川さんの本をお客さんに紹介して、たくさんの人から感謝されました。勇気をもらったって言ってもらえたり、もう一度夢に挑戦したいと思ったと言ってもらえたりして、僕が書いた本でもないのに、みんなが僕に感謝してくれました。それに、滝川さんの本を紹介した人たちは僕のお店の常連さんになってくれるようになりましたし、おかげさまで、こうやって本屋としても経営が安定してきました。

そして、気づいたんです。僕がやりたいのは、本を売ってお金を儲けることではないって。僕がやりたいのは、ここに集まる人たちに、眠っていたり、くすぶっている夢に挑戦する勇気をあげたい。誰かが夢を実現する手助けをしたいんだって。

あなたの本にも書いてありました。

行動のないところに成功も失敗もない。

そして、行動の結果手に入れるものは、失敗でもなければ、成功でもない。それは、自分の人生を素晴らしいものにするためにどうしても必要だった経験なんだって。

僕も行動をしたくなりました」

滝川は笑顔でうなずきながら聞いてくれたが、その言葉の勢いに少し圧倒されているのは、上体がのけぞっているのを見るとよく分かる。

「そこで、無理を承知でお願いがあります！」

「な、何でしょうか……？」

「この店の常連さんは、滝川さんの大ファンばかりです。ですから、僕はみんなに滝川さんの生の声を聞かせてあげたいんです。講演をやってもらえませんか？」

「講演……ですか？」

「はい。お願いします！」

滝川は少し考えている様子だったが、ニコッと微笑みながら上着の内ポケットから名刺を一枚とり出した。

「分かりました。前向きに検討しておきます。日程や時間帯、内容や条件など、詳しいことが決まったらこちらまで連絡ください。そうですね、ちゃんとしたものじゃなくても大丈夫ですから企画書みたいなものを送っていただけると助かります」

秀三は呆然《ぼうぜん》としてそれを受けとった。

「今日のところは、これだけいただけますか？」

滝川はそういって三冊の本を購入し、店を後にした。

秀三は、どうして急にそのような行動をとったのか、後になって考えても自分でも分からなかったが、自分の使命というものは、はっきりと見えた気がした。

「そう、僕は本を売りたいのではない。僕が出会った人の人生を応援したいんだ！」

この日が、本屋として成功しなければならない理由を、彼が自ら強く感じることができた最初の日になった。

みなさんは滝川が秀三の店に来たのを、僕の仕業だと思っているかもしれませんが、そうではありません。僕は何もしていません。

当時は僕も奇跡が起こったかのように思っていましたが、今ではそれが奇跡でも何でもなく、秀三の行動が引き起こした結果にすぎないということがよく分かります。

それも当然の結果。蒔《ま》いた種が花になっただけのことです。

人間はすべてつながって生きているということはすでにお話ししました。

そして、つながっているが故に、ある行動は必ず別の人に伝わり、その人からまた別の人へと伝わるのです。

もちろん、僕は福の神ですから知識としてそのことを知ってはいましたが、秀三と滝川のこの出会いを通じて、実際の経験として強く確信することができるようになりました。


人間は自分が感じとった感情をどうにかして人に伝えようとします。

涙を流すほど感動したら、それを人に伝えようとします。

理不尽さを感じたらその理不尽さを、怒りを感じたらその怒りを、楽しさを感じたらその楽しさを、苦しさを感じたらその苦しさを、とにかく人間はあらゆる感情をリレーのようにつないで人へと渡していきます。

ですから秀三が起こした「滝川の本を多くの人に紹介する」という行動に対して滝川が現れるというのは必然的な結果だったわけです。

秀三は一冊の本を紹介するという行動によって、一人のお客さんの心に感動を起こしました。「感じて動きたくなる」のが感動ですから、心の底から感動した人が何の行動も起こさずにいることなんてできません。

その感動が著者に手紙を書かせるという行動に変わりました。その手紙を受けとった滝川も感動しました。そして行動したわけです。結果として「日本一自分の本を売ってくれている本屋さんて、どんなところだかのぞいてみよう」という行動につながるのは、奇跡でも何でもなく、感情のつながりがある以上、当然の結果なんです。

感情を伝えられた人の起こす行動は、また別の人に同じ感情を伝え、同じ行動を起こさせる原動力となり、連鎖していきます。

結果同じ感情をもとにした行動が自分のもとに返って来るのは当然のことなのです。すべて自分から発せられるものは、必ず自分のもとに返って来るのです。

「自分から発せられた感情は必ず返って来るものだから……」

ということを学ぶことができるような出会いを人間にもたらしてあげるのも、僕たちの大切な役割です。

第七話　奮闘

秀三は、「まさかこんなことになるとはなぁ」と頭の中で繰り返しながら、講演の準備をはじめた。僕は「それはこっちのセリフでしょ」と思っていた。

どうしてあのとき講演をしてほしいなどと言ったのか。秀三は何度思い返してみても理由を見つけることができなかった。

いざ準備をはじめてみると、何から何まではじめてのことばかり。それにしても本屋である自分が、まさか昨日までは本の中で想像するしかなかった著者の講演会を主催することになるとは……。

考えるだけでは前に進まない。

まずは会場となる場所の確保からはじめることにした。

どのくらいの大きさが適当なのかもまったく見当がつかない。何といっても作家さんにわざわざ来てもらって講演をするのだから、あまり小さな場所だとまずいんじゃないかとか、いろんなことを考えた。

結局、店から一番近い場所にあるという理由で、三か月後の平日昼に近所の公会堂を押さえることにした。四〇〇人まで入る大きな場所だ。

どうせやるならできる限り早くやりたい。

そう考えると三か月後でも秀三にとっては気が遠くなるほど先のことのような気がしていたが、どこに問い合わせても予約でいっぱいでその日しか空いていなかった。平日ということもあり、秀三の店に出入りしている常連客たちが、来られるかどうか不安だったが、きっと仕事を休んででも来てくれるだろう。

日程と場所が決まると今度はお金のことを考えなければならない。

講演を主催するのがはじめてなら、公会堂を借りるのもはじめてのこと。思った以上に会場の利用に費用がかかることにちょっと驚いた。

もちろん滝川にタダでやってもらうわけにもいかないだろう。

だいたい講演料としていくらぐらい支払えばいいのかすら、まったく見当もつかない。

自分なりに講演をするためにかかる費用を算出して、秀三は勢いに任せて講演を依頼したことを、ちょっと後悔しはじめた。

とはいえ、もう後戻りはできない。

何人くらい来てくれるかを予想し、採算が合うように講演費用を設定しようとした。

一人二〇〇〇円で一五〇人くらいは集めなければ赤字になりそうである。

いや待て、そんなに集めることができるだろうか。それだけの人を集めるためには広告も作らなければならないだろう。その作成費を含めると――。

経費は考えれば考えるほどドンドン膨らんでいった。

いや待て、よくよく考えてみると、受付や司会は誰がやるんだ。全部僕が一人でやるのか――?

滝川に送る企画書を書こうと、講演についていろいろ考えはじめると、どうも心細くなってくる。

はたして自分にできるだろうか――。

そういう不安が何度も秀三を襲った。


それまでの彼なら、ここで挑戦することから逃げ出してしまっていただろう。

ところがこのときの彼は、不安に押しつぶされそうになりながらも、講演を成功させるためには何をしたらいいかを考え、できる限りのことをしていこうと決心していた。彼が自分の使命を感じて行動しはじめた最初の一歩だっただけに、どうしても逃げるわけにはいかなかった。

　僕は祈るような思いで見守ることしかできなかった。

　秀三はいろいろと忙しくなりそうなのを見込んで、店を任せることができるアルバイトを新たに募集することにした。

　今までお店を手伝ってくれていたパートのおばちゃんたちも、秀三が書店の業務に慣れるに従って、一人やめ、二人やめ……今では一人しか残っていない。その人に無理を言って連日出てもらっているが、これ以上、忙しくなるのを伝えるのは無理である。

　店の表に「アルバイト募集！　一冊の本との出会いで人生が変わる。そんな素敵な出会いを経験したことがある人、人生を変える素敵な出会いの場、本屋さんで働きませんか？」と、書いたポスターを貼っておいた。そのうち反応があるだろう。

企画書を書き上げ、いろんな準備を整え、滝川に連絡した。

翌日、「一緒に素敵な会にしましょう」というメールをもらったときには、秀三は感動で全身に鳥肌が立ち、やる気が体にみなぎるのを感じた。

その日のうちに手書きのポスターを作成して、店の入り口と、店中の目立つところに貼り出した。

われながらの自信作。

そのポスターを眺めながら、他にもできることがないかを考え続けた。

ワクワクしながら企画をするときは、アイデアがあふれ出てくるものだ。

近所のお店にもポスターを貼ってもらえるように交渉することを思いつき、さっそくポスターを追加で何枚も作成した。

講演まで八〇日と迫った頃の出来事である。

その後、講演予定日一週間前までに起こった出来事は、その頃の希望に燃えて準備をしていた秀三がまったく想像もしなかったことの連続だった。

秀三は、井出をはじめとする常連客のすべてに、店に来るたびに滝川本人がこの店に来て、講演を依頼したら受けてくれたんだということを、興奮しながら熱く語り、思いを伝えていった。

「これから、僕は本を売るのが仕事ではなく、本を買ってくれた人の人生を応援するのが使命だと思って生きていく。だから、この講演会を企画して、一人でも多くの人の人生において素晴らしい出会いとなる一日を作ろうと思っているんだ。僕の夢は本を売ることではない。本を通じてここに集う人の人生が素晴らしいものになるよう手助けをすることなんだ」

秀三の熱い思いを誰もが賞賛してくれた。「心から応援するよ」とも言ってくれた。

――ところがである。

誰一人、その講演会に参加するとは言ってくれなかった。

「ゴメンね、本当に行きたいんだけど、その日は仕事があるから」

「別の曜日なら休めるんだけど、その曜日だけはどうしても休めないんですよ」

「娘の運動会と重なっているから……」

理由は人それぞれ違ったが、とにかく絶対に参加するよと言ってくれる人が一人も出てこなかった。


「お若いのが使命感に燃えて前進する姿とは、いつ見てもいいものじゃゃ」

天晴はそう言って褒めてくれたが、その日は東京で研究会があり、それに出席することになっているらしく、やはり参加することができないらしい。

一番、参加してくれることを期待していた人だけに、天晴の不参加は秀三にとって本当に精神的ショックが大きかった。

もちろん井出もその日を休みにして店を閉めるわけにもいかず、

「うわぁ、聞きたいなぁ。どうしても聞きたいなぁ！」

と言いながらも、最後には「でも、どうしてもその日はダメですよぉ」となるのであった。

常連さんはみんな来なければいけないなんて、決まっているわけでもないけれど、秀三は自分が思っていた状況とはあまりにもかけ離れていたので、期待を裏切られたような気持ちになっていった。

秀三は当初、みんなが心から喜んで、それぞれが何十人も知り合いを呼んで来てくれるだろうと思いこんでいた。ところが現実は人を呼んで来てくれるどころか、当人たちすら来てくれない。

「みんなが喜んでくれると思って企画した講演会なのに、誰も参加してくれないなんて……」

周囲の責任にするのは、お門違いであるということもよく分かっている。分かっているのだが、そう思うことを止めることができなかった。

誰のためでもない、この店に集う人たちのためにと思ってこの講演会を企画したというのに、その彼らが誰も参加しないなんて。

秀三にはどう消化していいか分からない感情がわき出して、抑えられず、ついには諦めを飛び越えて、無気力に変わっていってしまった。

店内にポスターを貼ってから一〇日が過ぎる頃、秀三の店からいつものにぎやかさが消えた。いつもは用事がなくても訪れてくれていた常連客の客足が途絶えた。彼らにしてみれば、秀三に悪い気がしていたのであろう。なんとなく顔を合わせるのが気まずかったからこそ、店に足を運ぶことができなくなっていった。秀三が自分たちが喜ぶ顔を見たいと思って企画した講演会なのはよく分かっていた。でも自分たちはどうしても参加することができそうにない。苦しい思いをしていたのは、秀三の店に集まる常連客にとっても同じことだった。

結局一人の参加者もないまま、講演会まで六〇日を切った。
秀三は、完全にどうしていいのか分からなくなってしまった。
僕も秀三の様子が心配になった。でも、これでいいはずなんだ……。

福の神としてやるべきことをすべてやった結果がこうなっているわけだから、心配する必要ないはずなのだが……、とにかく僕にも見守ることしかできない毎日が続いた。

秀三が企画した講演会まで二〇日を切った。参加申し込みはわずかに一名だった。井出の弟だ。その日のために実家の福島からわざわざ聞きに来てくれるらしい。申し込みがあったとき秀三の心は浮かなかった。申し込みが一人でも出てしまったことにより、もう後戻りができない状態になったからだ。

楽しみにして、わざわざ遠くから出て来てくれるのは嬉しいことなのだが、集まっている人数がこれほどまでに少ないと、どうしていいのか分からない。秀三はもう逃げ出したくてたまらなかった。最近はお店に来るお客さんに講演会の勧誘をするのもやめてしまった。無理強いして断られると、「あの店に行くと気まずいから……」と逆にお客さんに敬遠される店になってしまう。

ここ数日の客足の減り方は、そのことと無関係ではないことを秀三はよく分かっていた。

秀三にできることは、一日一日が過ぎるのを見守ることを除いて、何もなかった。

ところがその申し込みの数日後に、秀三のもとへ一本の電話が入った。井出の弟だった。入院することになったので、講演会に行けなくなったというのだ。秀三はその電話を切り、大きなため息をつくと、一つの決断をして受話器を再び握りしめた。

講演会の中止である。

秀三は滝川に電話した。

「無理言ってお願いしたのに、こんなことになってしまって、本当に申し訳ありませんでした」

電話越しに頭を下げる秀三に、滝川は優しい言葉をかけてくれた。

「それは、それは。これまで言い出せずに、ずいぶんと苦しい思いをしたでしょうね。ありがとう。私の講演会を成功させようといろいろと動いてくれたんですね。その気持ちだけでも十分です。また、いつかやりましょう」

秀三は、優しい言葉をかけられると余計につらくなった。いっそのこと、「この役たたずが！」と怒鳴ってくれたほうがどれだけ気が楽か。

電話を切った秀三は、店に貼った講演会のポスターをはがしていった。貼ってからそれほど日数がたっていないように感じたが、表には蜘蛛《くも》の糸が絡んでいた。

近所のお店にお願いして貼ってもらったポスターをすべて回収して帰ってきたとき、誰もいなくなった店内で秀三は立ちつくし、一人悔し涙にくれた。何に対してかは分からない。ただただ、悔しかった。

新しい場所に属するためには必ず試験をクリアしなければなりません。

人間は小さい頃からの経験でそのことを知っています。

知っているはずなんですが、気づかないふりをします。別の言い方をすると、試験なんか受けないですんなり一つ上の段階の仲間入りをさせてくれないかなぁ、って考えてしまうんです。

でも、それではダメです。なぜならその試験に合格しないで、一つ上の段階へ入ったときに苦しむのは、その人本人だからです。

試験がどれだけ重要なことかは、自分がクリアする側ではなく、人にクリアしてもらう側として考えた場合に、はっきり分かります。

少なくともこのハードルを越えた人でなければ来てもらっては困るというラインがあります。

たとえば、人間がまったく新しい飛行機を作り出したとします。そのとき必要なのがテスト飛行。このときにテストがうまくいくことを願う気持ちは誰にでもあることでしょうが、でも、同時にダメなところもトコトン結果として出てきて欲しいと願うはずです。だから、すべてうまくいくことを確認するためにテストがあるのではなく、どういうところに不具合が生じやすいのかを見つけ出すために何度も何度もテストを繰り返すのです。

このときテストをする側が一番恐れていることは、テストでいい結果が得られないことではありません。テストで生じなかった不具合が、実用化されたあとで生じてしまうことです。

それが一番、不幸なことなのです。

すべてのテストは同じ目的のために行われます。

つまり、「合格（パス）」を手にするのがテストの目的ではなく、「いざ、実際に使いはじめたときに、困ったことが起こらないかどうか試す」ために行うのであり、そういう不具合が現れた場合はすみやかに直す。

不具合が出ないですんなりと次の段階に進めることを望むより、むしろダメなところがないか、しらみつぶしに調べて見つけようとすることにその目的があるのです。

これが試験の意味です。

秀三は使命を持って生きる生き方をようやく手に入れました。

そのあと僕たち福の神がしなければならないことは、本当にその使命を背負って生きる人の仲間入りができるかどうかの試験です。

人間はこの試験のことを**「試練」**と言っています。

秀三の「使命を持って生きる」という決意をより固いものにするためにも、使命を持って生きることによって、その後の人生で不具合がないかどうかをいろんな方面から試さなければなりません。

秀三が自ら使命だと感じ、はじめて企画した講演会が、誰からも必要とされずに終わるという試練を乗り越えなければなりません。

思ったような結果が得られなかったとしても、自分の使命に向かって前進する生き方を続けることができる人でなければ、その使命を全うする生き方なんてできるはずがありません。

それを乗り越えることができてはじめて、秀三は本当に幸せな人生を歩きはじめることができます。

みなさんは、これをやり過ぎだって感じるかもしれませんね。

僕に不安がなかったといえばウソになりますが、それでも、なんとなくこのときの僕には、予感がありました。秀三はこの試練を乗り越えて、どんなことがあってもこの使命を持って生きていこうという決意を揺るぎないものにし、新たな人生を歩きはじめることになるであろうと。

秀三の成長に合わせて、僕も福の神として大きく成長できた証拠ですね。とはいえそれも「人間は驚くほど急激に成長する。それこそたった一日で、一つの出会いで、まったく別人に変わることができるんだ」ということを、秀三が何度も僕の前で証明してきてくれたおかげなんですが。

第八話　奇跡

その日は、朝から風が強い一日だった。テレビの天気予報が、役に立たないほど変形した傘を手にしたレポーターを、わざわざ防波堤の近くに立たせて、しつこいくらい台風が近づいていることを告げている。

はがし忘れた「アルバイト募集」の貼り紙を見て、数日前、一人の若者が面接に来た。めっきりひまになった店の状態を考えるとアルバイトの必要性を以前ほど強く感じなかったにもかかわらず、秀三がその若者を採用してみようという気になったのはその若者の持つ明るさが理由だった。

雲がかかったような自分の心を明るく、温かく照らしてくれるような気がして、思わず「いつから来てくれる？」という言葉を発してしまった。

大きな試練を前にしている秀三の救いになることで、僕ができることといえば、秀三の心をきっと明るく照らしてくれるであろう、大川《おおかわ》という若者との出会いを用意することだけだった。

その若者、大川のバイト初日が今日。台風の日である。

こんなに雨風が強くてはお客さんも来ないし、店を開けておいても仕方がないが、お客さんがいないのは新人の大川に仕事を教えるには好都合だ。

とはいえ、初日からあらゆることを教えようとしても、全部は吸収しきれない。

「今日のところはこれくらいにしておこうか」

と秀三が言ったとき、時計を見ると午後四時だった。

閉店時間まではまだまだ時間があるが、分厚い雲に覆われて辺りは暗く、風雨はひどくなる一方で、通りを歩いている人もいない。

「今日は、もう店を閉めよう。大川君も電車が止まって帰れなくなるといけないから、今日はもうあがっていいよ」

秀三が声をかけたとき、店の中に井出が入ってきた。

「こんにちは、松尾さん」

「ああ、井出君じゃない。久しぶりだね。どうしたの、こんな時間に……」

「今日は、こんな天気なんで、もう店を閉めたんですよ。で、ちょうど田舎から弟が出て来ていたので、連れて来たんです」

井出の後ろから、少し小柄な若者が顔をのぞかせた。

「はじめまして。拓也《たくや》っていいます」

「ああ、君が井出君の弟さんだね。入院することになったって言っていたけど、もう大丈夫なの？」

「はい、おかげさまで。思った以上に経過がよく、入院せずにすみました」

「それはよかった。何よりだね」

秀三は井出の弟の病気について一度聞いたことがあるが、病名を忘れてしまった。何でもとても珍しい病気らしく、いつ悪くなるかも分からないし、効果的な治療法も見つかっていないらしい。

「こんな台風の中、よく来てくれたね。まあ、座りなよ」

秀三はイスを差し出し、奥からコップと飲み物をとってきた。外の風は強くなる一方だった。

拓也は、店の中をまじまじと眺めている。

「何か珍しいものでもある？」

「いやぁ、兄が言っていたとおり、普通の本屋さんとは雰囲気が違いますよね。なんて言うか、品揃えが他の本屋さんとは違うし、ポップに書いてあることも面白いですし」

「そうだね、普通にやっていたら大きな本屋さんにお客さんを全部持っていかれちゃうからね。それに流行のベストセラーの本とかを置きたくても、なかなか僕の店には入って来ないんだよ。だから、僕の店に入って来る本の中で、素敵な本をみんなに読んでもらいたいと思ってね。ただ置くだけじゃなくて、いろんな方法で紹介しようと努力しているんだ。君のお兄さんにもいつもお世話になっているんだ」

「ベストセラーを置くんじゃなくて、ここからベストセラーを作ろうとしているんですよね」

「こんな小さな本屋じゃ、そんな大それたことはできないけど……」

「いや、そんなことないですよ。できますよ」

井出が珍しくムキになって言った。

「秀三さんがやらなきゃダメですよ。

秀三さんのお店は、この長船堂書店は僕らの希望なんですよ。

小さなお店だって、大店舗に負けないで商売していけるんだっていう証なんです。

秀三さんの紹介する本を読んで僕だって、僕の店で働く従業員たちだって、それにこいつも、人生が変わったんですから。

そういう人がたくさんいるんです。このお店から、全国に向けて素敵な本を紹介していく。そして世の中が変わる。とても素晴らしいことじゃないですか。できますよ。やってくださいよ、秀三さん！」

入り口の扉が開き、外の看板が風に揺れる音が大きく聞こえた。

「おまえさんは、自分のやってきたことが、想像以上に多くの人を幸せにしてきたということに気がついていないようじゃの」

入り口には天晴が立ち、コートに付いた雨の滴を払っていた。

「天晴さん。今日は東京に行かれたんじゃ……」

「あいにく、この天気で飛行機が飛ばなかったんだ」

「それで来てくれたんですか？」

「ああ、今日はおまえさんが企画した最初の講演会が予定されていた日だったことを思い出しての。中止になったというからさぞかし落ち込んでいるだろうと思って、その顔を見に来てやったんじゃよ。思ったよりも元気そうじゃな。後から、佳菜《かな》も差し入れを持って来ると言っておったぞ」

僕の隣にも、いつの間にか天神が座り、笑顔で二人のやりとりを見つめていたが、チラッと横目で僕のほうを見て微笑み、

「面白いことがはじまりそうだな」

と意味深な笑い顔を浮かべた。

秀三は天晴が自分のことを励ますために、わざわざ台風の中やって来てくれたということがすぐに分かった。恥ずかしさと嬉しさが入り交じった感情がこみ上げてきた。そしてこのときはじめて気がついた。実は井出も、井出の弟を連れてやって来てくれたのは同じ理由だったのだということに。

みんなこの日には別の予定が入っていたのだが、台風が原因でそれが中止になったり、店を早めに閉めることができるようになった。そこでこの日のことを思い出し、勇気づけに来てくれたのだ。

誰もが、秀三が自分たちのために滝川の講演会を開こうとしてくれていたのに、参

加できないことを気にしていたのだ。

秀三は一人ひとりの目を見た。

言葉はなく、みんな同じ目で微笑み返してくる。

確かだ。

彼らがここに来た目的はみな同じなのだ。

ただみんなにとって誤算だったのは、きっとこの台風の中わざわざやって来るのは自分一人くらいなものだろうと思っていたことだろう。秀三だけではない。それぞれが、お互いに目を合わせてそのことを確認してうなずきあっている。そこにいた人たちの気持ちはみんな一つになっていた。それは秀三にとって、とても不思議な感覚だった。会話もないが、みんなの心が一つになっていた。

秀三はこみ上げてくる嗚咽《おえつ》をこらえながら礼を言った。

「井出君、ありがとう。拓也君、本当にありがとう。それから、天晴さん、本当にありがとうございます。みなさんの気持ち、本当に嬉しいです。僕は、僕は……」

「おいおい、おまえさんがお礼を言わなければならない人間は、これで終わりではなさそうじゃぞ」

天晴が微笑みながらそう言ったとき、入り口にはまた一人の人影が現れた。

――どうしてここに？

秀三の動揺した表情につられて、一同の視線が入り口に立っている人間と秀三の間で何度も往復した。

井出が小さな声で、後ろから言った。

「秀三さん。あの方はどなたですか？」

「滝川先生です。滝川泰年先生」

「ええ！」

一同驚愕《きょうがく》の声を上げた。天晴はニコニコ微笑んでいるだけだった。

「もともと今日は講演会のために空けておいた日だったからね。残念ながら実現しなかったけど、私にもっと人気があれば簡単に人が集まったのかと思うと、申し訳なくってね。今回はダメだったけど、また君に企画してもらって、いつか必ず講演会を成功させようって伝えようと思って」

滝川はそう言って笑っている。

井出と弟の拓也は、自分が読んだ本の著者が急に目の前に現れたことで舞い上がってソワソワしている。滝川の背後では、アルバイト初日の大川が震えながら立っていた。

「あの……、きょ、今日ここのバイトが初日の、大川っていいます。あの、すごい偶然なんですけど、今日たまたま電車でこの本を読んできたんです……」

大川が差し出したのは、滝川の本だった。

「本当に偶然なんで、びっくりしています。握手してもらえますか？」

大川は震える手を差し出しながら、握手をもとめた。

秀三は自分の店で起こっている奇跡を、ただ口を開けて見守るしかなかった。

握手をしている二人に、拓也が背後から恐る恐る近づいていった。

「あのう、井出拓也っていいます。滝川先生に先日お手紙を出させていただいたんですが、覚えてらっしゃいますか？」

「ああ、君が井出君なの？　それは驚いた」

滝川は目を大きく見開きながら、懐に手を入れてゆっくり何かをとり出した。それは滝川が拓也に宛てて書いた返事の手紙だった。宛名も名前も書かれていて、切手まで貼ってある。

「今日、出そうと思って家を出たんだけど、この天気だったから、雨に濡れるといけないと思ってポストに入れるのをやめておいたんだよ。まさか、今日ここで会えるとは……」

そう言いながら、ゆっくりと手紙を差し出した。これには滝川自身も驚いている。受けとる側の拓也の驚きはそれ以上だ。まさに今日ここで出会うことが決まっていたかのような出来事に、誰もが言葉を失い、ただ目を大きく見開きながらお互いを見合っている。

「ここはいろんな奇跡が起こる場所だね」

滝川が思わず言った。

「こんなことは、今日がはじめてですよ」

「そんなことはないよ。僕が来るたびに奇跡は起こっている。その奇跡に魅了されて僕は、この本屋が好きになり、またこうやって来るようになったんだから」

秀三には滝川の身にどんな奇跡が起こってきたのかまったく見当がつかなかった。

「僕はこの本屋にはじめて来たときに、滝川泰年だと名乗らなければならなくなった。僕は本が好きでよく本屋を利用する。当然どの本屋に行っても僕の作品は置いてくれている。そこの駅ビルに新しくできた大きな本屋にも置いてある。ところが、その本屋に僕が訪れても、その作者だということに気づく人は誰もいない。何度訪れても同じだ。よく利用する本屋さんですら、僕が目の前に置いてある本を書いた作者であるということを知らない。

別に気づいて欲しいと思っているわけではないから、それが普通だと思っていたし、それでいいと思っていたんだ。君に出会うまでは。

でも、君は違った。この店にはじめて来たときに、僕は自分が何者なのかを君に打ち明けなければならなくなった。作家として活動をはじめて久しいが、そんな経験は一度もなかったんだよ。君は、あまり重要なことだと思っていないかもしれないけれども、僕にとっては本当に奇跡的な出来事だったんだ。それは、僕がどれだけ多くの本を買ってくれるかではなく、僕自身がどういう人間なのかに君が興味を持ってくれたという一つの証だからね」

「そんな、深く考えていたわけではないので……そんなふうに言われると、ちょっと恥ずかしいですけど」

「謙遜《けんそん》しなくてもいいよ。僕は本当に大切なことだと、心から思ったんだ。人はみな、仕事をして生きている。自分にできることを一生懸命やって、その見返りとしてお金をもらうことが働くことだと思っている。ところが、自分にできることを一生懸命やっているつもりが、いつの間にか自分の都合だけでものを売ろうとしたり、サービスしようとしたりするようになってしまう。そしてそれが一生懸命仕事をしていることだと勘違いしてしまうようになるんだね。

たとえば、『この本が何冊売れればいくら儲かる』とか『お客さんが三倍増えれば、三倍儲かるのに』なんて考えて、集客を増やしたり、買わせるような飾りつけを考えたりすることが仕事に変わっていってしまう。でもそれは、自分が儲かることを考えたやり方で、放っておくとどんどん自分のことしか考えなくなる可能性がある。

ところが君がやっていることは、まったく逆だ。まず、その人に興味を持つ。その人のことを本当に大切に思う気持ちを君の中に創ろうとしている。その上でその人にぴったりの本を紹介しようとしている。

商売の仕方としては、本当に勇気のいることだと思う。

勇気がない人は『お客さんの大半は、話しかけられるのが嫌だから、放っておいたほうがいい』という理由で君を否定するだろう。

確かに、店にある品物を売るのが目的で話しかける店員は敬遠される。僕だってそういう店には二度といきたくないと思う。でも、君は違う。本を売ろうとしているんじゃない。友達になろうとしているんだね。そのことが分かる。それを証拠に君が本を紹介するときに、『お金はいらない』って言っているのが聞こえたよ」

「いや、それは、あの……押し売りされるのが嫌だろうと思って……」

「今、目の前にいる人に興味を持つ。そして、自分ができるすべての感覚を持って友達になろうとする。君のその姿勢が、この店にたくさんの奇跡をもたらす種を蒔き続けてきたんだね」

滝川が話したことはいつか天晴が教えてくれた内容とまったく同じことだ。秀三も僕もその思いが伝わり、今こうしてここに人が集まってくれているという事実を目の当たりにして、人のつながりの力を感じずにはいられなかった。

「お若いの。イスを持って来てくれんかのぉ。今日の講演会は長くなりそうじゃないか。それから、イスはあるだけ用意しておいたほうがよさそうじゃよ」

天晴の言葉につられてふと外を見ると、傘をたたんで中に入ろうとしている人の影が二人、三人見える。いつも店に集まる常連客たちだ。みんなが集まった理由が同じであることを秀三は感じとっていた。秀三の目からは涙がこぼれはじめた。もう我慢できなかった。自分のことを思って、これほど多くの人が集まってくれた。秀三はこれほど幸福な瞬間が訪れようとは思ってもみなかった。

自分の思い描いていた成功とはまったく違う形だったが、今まさに今までの人生の中で最高の幸せを感じる瞬間がやってきたのだ。その喜びに秀三は素直に涙を流した。

集まる人も、みんな同じように照れくさそうに店に入って来る。

「いやぁ、参ったね。この台風じゃあ店を開けといても仕方がないから閉めてきたよ」

「この台風で、娘の運動会が延期になってね……」

そして、そこにいる見知らぬ男性が滝川だと告げると、これもまた、みんながまったく同じように驚いた反応を示した。

結局、店の中には一七人の常連客と、バイトの大川、滝川、それから天晴をあわせて二〇人もの人が集まってくれた。

店の中には、滝川をとり囲んだ輪ができていて、それぞれが思いがけない出会いに感動し、様々な質問をぶつけたり、話を聞いたりしている。店内には笑い声が絶えない。

そこにあったのは、秀三が思い描いていた自分の店の理想の姿だった。

カウンターで大川が隣のコンビニから買ってきたペットボトルの飲み物をコップに注いでいるとき、天晴が歩み寄って秀三に話しかけた。

「期せずして、おまえさんが講演を開いて一番来て欲しかった人たちが集まってくれたようじゃの」

「はい。本当にありがたいことです。僕は、みんなに支えられてこうやって本屋をやることができているんだということを思い知りました」

「すべては、おまえさんの使命感が生んだ結果じゃよ」

「そうですかね。今回、講演会はできなかったけど、これでよかったのかもしれないと思っています」

「そうじゃな。結果的にはおまえさんが思い描いていた講演会よりも素晴らしい会になっているようじゃからの」

「はい。そうですね。実は僕、みんなのことを心の中で……」

「ハハハ、それはもうよい。仕方がないよ。でも、みんなの気持ちが分かっただろ。みんなもなんとかしてやりたかったんじゃよ。でも、それぞれに協力できない事情があって、おまえさんに悪いと思っていたんじゃろうな。いま、こうやって集まってきたのもおまえさんの人徳じゃ」

「それはどうか分かりませんが、きっとここにはいるんですよ」

「何がじゃ？」

「福の神です」

「ハハハ、そうじゃな。きっとそうじゃろうな」

秀三のその一言は、僕の心を熱くした。
気がつくと涙があふれていた。
天神が隣で僕の肩に手を置いてうなずいていた。

その晩、秀三の店に集まったのは秀三を含めて二一人の人間と、僕を含めて二一人の福の神でした。その店に集まったすべての人に福の神が憑いていたのです。他人の成功を心から祝福したいと思う人、というのも福の神が憑く条件の一つだったのを覚えていますか？

店に一人また一人と人が現れるたびに、その場には一人また一人と福の神が増えていきました。多くの福の神は、そのときはじめてその人に憑くことになった人たちばかりでしたが、集まった人には一人残らず福の神が憑いていたという奇跡を僕は目の当たりにしました。このことばかりは、さすがに秀三はもちろん、天晴も想像はしなかったでしょう。

秀三は、成功とは必ずしも自分の思い描いたとおりの形でやって来るわけではないということを知りました。そう、もっともっと劇的な形で自分に訪れるように人生というのはプロデュースされているんだということを知ったのです。

これ以降、秀三がどんな成功を手にしていったかが気になる？

——ですか。

まあ、それはご想像にお任せしますが、成功というのは本人の感じ方の問題です。何がどうなったら成功であると捉えるかは、人によって違いますし、同じ人でも考え方が変われば変わるものです。ですから、どういう成功を手にしていったかは話しても仕方がないでしょう。

ただ、この出来事が最高に幸せな人生を歩むきっかけになったのは事実です。

そりゃあ、そうです。

僕が、つまり福の神が憑いていたわけですから。

これを読む新米福の神のみなさんに、最後に一言。

みなさんがこれから憑くことになる人たちは、どういう人たちだったか覚えていますか？

「人知れず他の人のためになるいいことをする」
「他人の成功を心から祝福する」
「どんな人に対しても愛をもって接する」

この条件を満たすことが自然と身についている人です。

別の言い方をすると、その人が存在することによって世の中の多くの人が幸せになる。そんな素敵な人なんです。

ですから、遠慮せずにどんどんいろんな出会いを与えて、幸せな人生へと導いてあげてください。

ただ、そうは言ってもやはり、自分が憑いた人を幸せにするためとはいえ、その人に試練を与えるような経験をさせなければならないときには、迷ってしまうこともあるかもしれません。弱気になってしまうことだってあるかもしれません。


でもそのときにはこの言葉を思い出してください。


人間は僕たち福の神が信じられないほど早く成長することができる存在なんだ。

生き方がまったく変わってしまうような成長を、一瞬にして実現してしまうほど急激に。

そして、そのきっかけとなるもの――。

それは、素晴らしい仲間との出会い。


―終―

あとがき

幼い頃、僕は、祖母と一緒によくお風呂に入りました。
その際、湯船に入ろうとすると必ずと言っていいほどあることがしたくなるのです。
それは
「おしっこ」

「ばあちゃん。おしっこしたい」

と言うと、必ずばあちゃんはこう言いました。

「本当はお風呂でしたらいかんのよ。でも、しょうがないから、『お風呂の神様ごめんなさい』って言いもってせんかい（言いながらしなさい）」

小学生になり、僕は一人でお風呂に入るようになりましたが、お風呂で「おしっこ」がしたくなると、つい独り言のように、「お風呂の神様ごめんなさい」ってつぶやきながらするようになってしまいました。言わなければなんとなく気持ちが悪かったんです。

祖母はいろんなものに神様がいるということを僕に話してくれました。神様を大切にしなさいということを伝えたかったわけではなく、ものを大切にしなさいということを僕に教えたかったからに違いないと今では思っています。

「テーブルにひじをついてはいけない」にはじまり、ばあちゃんが教える、あらゆるやってはいけないことに対して「どうしてそういうことをしてはいけないのか」という質問をすれば、すべて「〇〇の神様が怒って、バチが当たるよ」が答えでしたが、幼い頃の僕には効果十分でした。

いつの頃からか、僕はそんなことをまったく気にかけなくなってしまいました。

月日が流れ、僕も父親という立場になりました。

自分の子どもに、ものを大切にする心を伝えたいと思うようになり、三歳の娘とお風呂に入っているとき「お風呂の神様」を思い出しました。

ちょうどこの作品を執筆している途中の出来事でした。

そういうわけで、この物語にも「福の神」に登場していただくことになりました。

僕は、はじめこの作品の舞台を肉屋さんにしようと思っていました。

僕の故郷で精肉店を営んでいる大親友がいます。

誰もが一目でファンになる素敵な笑顔の持ち主である彼は、シャッター通りへと変わりつつある、かつてにぎやかだった商店街で父親の跡を継いで一人気を吐いて頑張っています。


でも結局、本屋さんを舞台に作品を書くことにしました。

僕がとある本屋さんで経験したウソのような本当の出来事の数々をうまく表現するためには、やはり本屋さんという舞台が必要不可欠でした。

この物語中のどの部分が、僕が本当に経験したことなのかは、あなたの想像にお任せしますが、僕が最初にその本屋さんに行ったときに、「喜多川泰さんだ！」ということを、店長さんが知るまでに三〇分とかからなかったのは事実です。

それはまさに衝撃的な出来事でした。

もちろんそんな出来事、それまで経験したことがありませんでした。

本が大好きな僕は、いろんな本屋さんを利用していますが、僕の本が大量に平積みされている店に足を踏み入れても、お礼のために自分から名乗らない限り、僕がその本の著者だなんて誰も気づきません。それが普通です。もちろん気づいてほしいわけではありません。どちらかというと僕はそっとしておいてほしいタイプです。ところが、その店では気づかれても嫌な気はしませんでした。

僕に本を売ろうという気持ちが全然感じられなかったからです。ふと訪れた友人のようにさりげなく話しかけられ、会話が進み、歓迎されていると感じるには十分なもてなしを受けました。そうでなければ店内でたこ焼きを一緒に焼いて食べるなんて経験を本屋さんでするはずがありません。残念ながら、たこ焼きは大失敗に終わりましたが……。

僕は、僕の財布の中身ではなく、はじめて出会った一人の人間に興味を持って話しかけてくれたその店長さんのことを心から尊敬しました。そして同時に、自分のことを反省しました。

「自分は、はたしてどれほど、はじめて出会う人に対して、その人の人生に対して興味を抱いているだろうか」

そう思い、僕は本屋さんでもその他の場所でも自分の方から積極的に話しかけて、名乗るようになりました。

その本屋さんは、決して大きいとは言えない本屋さんですが、店の中はいつも常連客でにぎわっています。

日本全国からお客さんが訪れる驚くべき場所です。

僕はその人気の秘密を、そこに訪れた最初の日に知ることができました。

「目の前の人の人生に興味を持ち、愛情をもって話しかける。自分の家族のように」

他人の幸せのために仕事をすることが、これほど大きな人の流れをもたらすのかという驚きは、その後も、その店に訪れるたびに肌で感じることができました。

もちろんそれは、本屋さんじゃなくてもできること。

精肉店ならお肉を通じて、材木店なら材木を通じて、美容室なら髪型を整えることやそのサービスをしている時間を通じて、その店を訪れる人の人生に興味を持ち、自らの家族に接するように愛情をもって話しかける。自分が儲けるためでなく、その人を幸せにするために、自分にできるベストを尽くそうとする。

そういう人間関係の中から、世の中を動かすような新しいエネルギーは生まれてくるのです。

この物語では、主人公にとって望ましくない出来事が次から次へと起こります。でも人生は不思議なもので、これ以上ないほどの危機的状況こそが、後から考えてみれば、自分の人生にとって、なくてはならない貴重な経験になるということを、誰もが経験から知っています。

この本を読む人の中にも、まさに今、仕事においてどうしようもないほどの危機的状況に追い込まれている人がいるかもしれませんね。それほど深刻ではなくても、仕事や生活に対する心配事の一つや二つ、誰にでもあるはずです。

でも、もしかしたらそれは、あなたに憑いている福の神が、あなたにもたらした出来事かもしれませんよ。

そう考えることができれば、目の前の壁がどれほど大きなものであっても、あなたはそれを乗り越えることができるはずです。なにせ、それを乗り越えることができる人にしか福の神は試練を与えてはいけないことになっていますからね。

この作品を最後まで読んでくださって、本当にありがとうございました。
最後になりましたが、この本は僕がＮＰＯ法人読書普及協会を通じて知り合った方々との「ご縁のつながり」が源となり、総合法令出版さんから出版されることになりました。そのご縁に心から感謝します。
とりわけ読書普及協会理事の清水克衛さん、淨徳和正さん。総合法令出版の竹下さん、金子さん、有園さんには本当にお世話になりました。この場を借りて心よりお礼申し上げます。

一冊の本との出会いで人生は変わる。

僕はそんな経験を今まで何度もしてきました。この本があなたにとってそんな一冊になることを心から願っています。そして、この本を読んだあなたの大活躍によって、世の中にさらに多くの「成幸者」が増えることを心から期待しています。

ありがとうございました。

平成二〇年九月吉日

喜多川泰

文庫化によせて

『「福」に憑かれた男』は、「全国の本屋さんを元気にしたい」という思いから生まれ、出版直後から、今日にいたるまで、本当にたくさんの人に愛されてきた作品です。舞台となっているのは本屋さんですが、いろんな商売をしている人たちから、

「大切なことを教えてもらいました」

という感想をたくさんいただきました。

「この本を読んで、喜多川さんの講演会を企画しました」

という人もいました。作品中の秀三同様、集客に苦労する方も多く、作家としての人気のなさに、何だか申し訳ない思いも何度か経験しました。僕にとってもいい経験でした。


文庫版出版にあたり、僕自身久しぶりにじっくりと読み返してみましたが、「安心した」というのが第一印象でした。この作品が書かれたのは今から七年前ですが、七年たって読み返してみても、今の僕が考えていることと本質的には変わらないメッ

セージがそこにあったからです。

「昔はそう考えていたけど、今は違う……」

という作品ではなかったことに対する安心感とでもいいましょうか。

もちろん、僕自身も年と共に成長し、様々な経験を重ねていく中で、学びは増え、深くなっていくものではありますが、できる限り、作品はどの時代のどんな人が読んでも、楽しめ、かつ読書の素晴らしさが伝わる普遍的なものにしたいという希望があります。

『「福」に憑かれた男』が、今後一〇年、二〇年とたくさんの人たちの未来に希望の光を与える普遍的な作品へと成長していってくれることを、著者として心から望んでいます。


「この作品に出てくる本屋さんはあの本屋さんですよね」

「あの登場人物のモデルは、あの人ですよね」

という質問をよく受けました。

そういうことをあまり考えず、純粋に物語を楽しんでもらいたいという思いはあったのですが、やはり、考えてしまうようです。

聞かれる度に、あまり否定をせずに、

「まあ、そうです」

と答えていましたが、それを続けていると、読者の方同士が話をしたときに、つじつまが合わないことなども出てくるようで、何だか申し訳ないと思うことも何度かありまして……。

せっかくの機会なので、ここで、そのモデルや背景についてちょっとだけ。

舞台となっている本屋さんは架空のものです。

とはいえ、僕の中では、実際にある二つの本屋さんを参考にイメージを作り上げました。

ひとつは、東京都江戸川区にある「読書のすすめ」さん、もう一つは兵庫県伊丹市にある「ブックランドフレンズ」さんです。

どちらも作品中の長船堂書店以上に、個性的かつ、素敵な本屋さんです。

主人公の秀三や、彼を取り巻く環境はブックランドフレンズの店長河田秀人さんからの話を参考に、世界観を作りこんでいきましたし、長船堂書店で経験する出来事のいくつかは、僕自身がじっさいに読書のすすめの店長清水克衛さんと出会って経験したことなどがベースになっています。

それでも、どこまでがフィクションで、どこからがノンフィクションなのかを考えながら読むというのは、作品の楽しみ方としては、この作品を書いた著者の意図からは外れるものです。

何より大切なのは、この作品は「自分の物語である」と、読む人が思えることです。ですから、あらためて、この作品をここまで読んでくださったあなたにお伝えしたいのは、これは、どこかの本屋さんで起こった物語ではなく、今、あなたのお店、会社で起こっている物語だということです。

秀三は自分であり、起こる試練の数々は、自分に憑いている福の神が引き起こしてくれる、幸せのために必要な材料だと、読んだ人が、心から納得できる。そんな楽しみ方をしてもらえれば著者としては幸せです。

とはいえ、前記の二つの本屋さんには、この作品以上に面白い、たくさんの人生のドラマが日々、繰り広げられているのは確かです。一度足を運んでみてはいかがでしょうか。

この作品が、今、自分のお店や職場で起こっている試練を乗り越える力をくれる一冊になることを、心から期待しています。

平成二七年一月一日

喜多川泰

解説

読書のすすめ　清水克衛

大好きな小説家・喜多川泰さんが本屋さんを舞台とした物語を書いてくれました。なんと嬉しいことでしょうか。

「読書離れ」と言われて久しく、本屋さんは「儲からない商売」というレッテルを貼られている現在。町の本屋さんはどんどん廃業しています。本当にこんなんでいいのだろうか？　私は、「こんなんでいいわけない！」と声を大にして言いたいのです。

儲からないという理由一つで仕事がなくなるのであれば、農業だって、なくなってしまうかもしれません。もし、そうなったらみんな餓死しちゃいますね。ここで、よーく考えてみましょう。

時代によって儲かる商売は当然違います。でも、今の日本で儲かる商売って本来、生きるためにはほとんど必要がないものばかりになってはいやしないでしょうか。

うちの近所に、手作りのお豆腐屋さんがあります。一つ売って一〇〇円くらい。しかし、豆腐をつくるのには朝早くから、もくもくと作業をこなさなければなりません。寒い、暑い、などと愚痴をこぼす余地もありません。

資本主義社会の中でこんなナンセンスな仕事はないと思われる方もいるかもしれません。私はお豆腐が大好きですから、豆腐屋さんがなくなっては困ります。

本屋さんもそれと同じだと思っています。本は「心の栄養」と言われています。読書は心の食事であり、それに比べてネットなどの情報は、レンジでチンして出てくる味わいも何もないインスタント食品のようなものではないでしょうか。

想像してみてください。

この日本に本屋さんが一軒もなくなってしまった世界を。

最近は、本を読む人が少なくなっているという報道を目にしました。人は「考える葦」であったはずなのに、考えることを放棄してしまったのでしょうか？　まあ、そこまで愚かなことにはならないと思っていますが、正直、不安もあります。

当店「読書のすすめ」に来られるお客様が、私に「本をススメてくれますか?」とおっしゃるのでオススメすると、「この本、難しくないですかね?」と言われるのです。当店には日本語で書かれている本しか置いてないので、なぜそういう問いが出てくるのかよくわかりませんでした。

でも、今ならわかります。

いつ頃からか、本というモノが変容してきました。「簡単・便利・サルでもわかる」という、あまり考えず、読まなくてもいいモノばかりが目立ってきたように思います。

本来、本というモノは著者の想いを味わいながら咀嚼《そしゃく》するのが楽しみの一つであったはずです。一度読んだだけでは、それらすべてを理解できず、何度も何度も読み返したものです。そうして少しずつ著者が込めたものに気づいていくのが、読書の喜びでもありました。

一昔前、著者になる資格は、莫大な読書量や、ありえないほどの冒険や挑戦、あるいは危険な経験をした人だけに与えられた特別なものでした。平々凡々と生きている方には到底理解出来ないことだからこそ、その本の内容にみなが惹かれたのだと思います。

本には、著者の情熱が乗っているのです。

かつて「易経講話《えききょうこうわ》」という本を書かれた明治生まれの公田連太郎さんという方がいらっしゃいました。この方は、食べるために本を書いていません。しかし、その本に人生をかけておられたようです。ものすごい情熱です。その情熱を感じながら読むことが出来れば、読書はまさに珠玉の時間となるのでしょう。

私の座右の銘はこちらです。

「一世の智勇《ちゆう》を推倒《すいとう》し万古《ばんこ》の心胸《しんきょう》を開拓す」

この一瞬だけ、胸がドキドキすることなんか放っておき、一万年後のやつらが、ホッとしてくれるような仕事をせよ！　という意味だと私は解釈しています。

「本は、人にとってかけがえのない宝物である」

喜多川泰さんと私は、今の時代、色あせてしまった大切なメッセージを伝えようと挑み続けています。戦友だなんて少し大げさですが、誰かがやらなければいけない大事なことだと思っています。

彼は、塾の先生として、いつも近未来を継ぐ人間を目の前にすることを本業とされています。未来の日本人に何を伝えたいのか、日々いろいろと試行錯誤して考えていらっしゃると思います。

喜多川泰さんはいつもこう言われています。

「はじめて本を読む。そういう人を意識して作品を創っています」と。

彼のどの本にも、見えないけれど、確実にある「優しさ」が乗っています。

ゆえに彼の作品を読む人はみなさん感動し、読後の余韻が気持ちいいのでしょう。

僕自身も読後はいつも清々しい気持ちにさせていただいています。このような感性がとても重要だと思います。

本来、このような「感性」は日本の文化の中にあふれていました。ところが、そのことを忘れ、本気でこの「感性」を捨てようとしているのが、今の日本なのではないでしょうか。そんな日本で生活しているみなさんに言いたい！

「読書こそが日本をより良くする最高の手段である」と。

そして、みなさんにお願いです。

どうか「本」というモノだけは、流行りのインターネットでゲットするのではなく、直接、本屋さんに出向いてご購入いただきたい。

なぜなら本屋さんに行けば、そこには想像もしなかった偶然の出会いがあるからです。本との出会いと人との出会いはとても似ています。私自身も偶然やたまたまといった人との出会いで、非常に人生を豊かにした経験があります。それは、私が選んだのではなく、偶然やってくるのです。

ご存じの方も多い納税額日本一の斎藤一人さんは、たまたま「読書のすすめ」にふらっとお立ち寄りになりました。そのご縁がきっかけとなり、多くの学びと感動をいただきました。それは今までの私の人生を変える大きな出会いとなっています。

喜多川泰さんとも、たまたまの出会いが重なり合った結果、こうして解説を書かせていただくような大きなご縁へとつながりました。

本もこれに似ているのではないでしょうか。本屋さんに行けば、人生に大きなインパクトを与えてくれる偶然の出会いがきっとあるはずです。少なくとも「読書のすすめ」では、それを意識して本を選んでいるつもりです。

喜多川作品にまだ出会っていない方に、作品をオススメして読んでいただくと、多くの方から私たちが感謝されます。

これこそまさに「喜多川泰」という作品なのです。

それ以上でもそれ以下でもありません。

もしもですよ。もしも、喜多川泰の作品に批判あるいは、「面白くない」というヤツがいたなら、読書のすすめにお連れ下さい。

そういう人には懇切丁寧に、しかも優しく「説教」をいたします。(笑)

ちなみに、柔道の山下泰裕さんはご自身の著書の中で「この本は、私の座右の書です」と言われていました。この本を最後まで読んだあなたには、この本を普及する意味と責任が発生します。『「福」に憑かれた男』宣伝大使として、私たちとともに作品を広めていきましょう！　それでは、本基地「読書のすすめ」でお待ちしています。

本書は、二〇〇八年に総合法令出版より出版された
『「福」に憑かれた男　人生を豊かに変える3つの習慣』の
表記、表現などを一部改訂したものです。

サンマーク
文庫

「福」に憑かれた男

2015年３月20日　初 版 発 行
2025年10月10日　第12刷発行

著者　喜多川 泰
発行人　黒川精一
発行所　株式会社サンマーク出版
東京都新宿区北新宿2-21-1
電話 03-5348-7800

フォーマットデザイン　重原 隆
本文DTP　J-ART
印刷・製本　株式会社暁印刷

落丁・乱丁本はお取り替えいたします。
定価はカバーに表示してあります。

ISBN978-4-7631-6063-8 C0195

ホームページ　https://www.sunmark.co.jp